PHYSIOLOGIE

DU

GARDE NATIONAL.

IMPRIMÉ PAR BÉTHUNE ET PLON, A PARIS.

Physiologie

DU GARDE NATIONAL,

PAR

M. Louis Huart,

VIGNETTES

de MM. Maurisset et Trimolet.

PARIS,

AUBERT ET CIE,
Galerie Véro-Dodat.

LAVIGNE,
Rue du Paon-St-André, 1.

1841.

AVANT-PROPOS.

Avant d'entrer en matière, permettez-moi de faire une légère invocation à Clio, muse de l'histoire, si j'en crois la Fable, à Mars, dieu des combats et des patrouilles, et à l'ombre de l'Inventeur de la *Spécialité* qui va nous occuper dans le présent ouvrage, inventeur dont le nom m'échappe.

Ainsi donc, ô Ombre, inspire-moi. — O Mars, fournis-moi de courage, et toi, ô Clio! prête-toi ta plume pour écrire un grand nombre de mots! et je vous prie de croire que ce n'est pas trop que de cette triple invocation, car

Je chante le héros qui patrouille en la France,
Et par droit de conquête, et par droit de naissance,

Qui, faisant des factions, parvient à les calmer,
Et dans le Carrousel sait vaincre et s'enrhumer.

Je viens de vous offrir un peu de poésie, cela suffit à mon amour-propre. Je ne ferai pas d'érudition ni de pédantisme, je ne vais pas remonter jusque dans la nuit des temps pour rechercher l'origine de la garde nationale, ou de toute autre garde bourgeoise, sous quelque sobriquet qu'elle se soit fait connaître dans l'histoire, — non, décidément, je ne vous l'apprendrai pas, — car, tout bien réfléchi, il faudrait que je commençasse par me l'apprendre à moi-même.

Nous voulons entreprendre la réhabilitation de la garde nationale; une foule de gens, mal intentionnés, prétendent qu'elle ne sert à rien; — en tenant ce propos léger, ils oublient qu'elle aura au moins servi quelquefois à les faire rire; — or, n'eût-elle servi qu'à cela, ce n'est pas déjà peu de chose, le rire est une chose excellente pour la santé; ainsi, vous voyez bien que prise seulement au point de vue hygiénique, l'institution de la garde nationale serait encore une œuvre de philanthropie.

Mais, grâce à Dieu, ce n'est pas le seul mérite que possède la garde citoyenne, elle en a une foule, de mérites ; nous en citerons deux ou trois cents, — et même moins si vous voulez.

La garde nationale prouve d'abord que tous les hommes sont égaux devant le sergent-major, sauf toutefois les différences apportées par la taille ; car on a beau dire, il y a toujours quelques petites inégalités sociales, et M. *Prudhomme*, qui a formulé un si admirable aphorisme touchant les droits de l'homme, a bien été obligé lui-même d'admettre quelques légères nuances, lorsqu'il a dit : — *Tous les hommes sont égaux, sauf les différences qui proviennent de la fortune, du talent, ou de la naissance.*

Second avantage. — La garde nationale aguerrit l'homme contre les intempéries des saisons ; tout individu qui a fait des patrouilles pendant vingt ans dans les rues, je veux dire dans les boues de Paris, et qui pendant le même laps de temps a fait des factions sous le guichet du Louvre au mois de janvier, a la presque certitude de ne jamais s'enrhumer, — à moins qu'il n'ait eu la déplorable faiblesse de prendre et de garder une fluxion de poitrine compliquée de deux ou trois médecins, — genre de maladie qui est presque toujours mortel.

Troisième avantage. — La garde nationale restitue à l'homme toute sa dignité dans les ménages, — beaucoup trop nombreux, hélas! — où le mari se laisse dominer par sa femme; ici plus de faiblesse de caractère possible, la femme altière et despote parvient bien à porter les culottes de son époux, mais jamais, au grand jamais, elle ne parvient à porter le havre-sac et les buffleteries de ce même mari trop débonnaire. — Aussi les jours de garde sont des jours de fête pour cette classe de citoyens français; ils peuvent s'absenter pendant tout un jour, que dis-je, pendant toute une nuit, sans être grondés par leurs femmes.

Quatrième avantage. — L'homme, quoique fait à l'image de Dieu, est très-généralement porteur d'un visage assez peu flatteur à l'œil, ce qui prouverait que s'il ressemble à Dieu, c'est en laid. — Or, l'uniforme rehausse singulièrement le profil de tous les guerriers, du moins c'est l'opinion des femmes; et tout garde national revêtu de son habillement à collet rouge a de grandes chances pour ressembler à un chérubin, — à moins qu'il ne ressemble à un facteur de la poste aux lettres.

Cinquième avantage. — Mais je crois que

nous pouvons nous arrêter là dans le catalogue de ces avantages, sauf à continuer plus tard si vous en manifestez formellement le désir.

Ainsi donc, ô muse de l'histoire, toi qui jadis sus inspirer le vieil Homère quand il procédait du haut de la tour d'Ilion au dénombrement de l'armée des Grecs et des Troyens, suis-moi tout en haut de la maison isolée qui s'élève encore au milieu de la place du Carrousel; — placés tous deux sur le toit de l'*Hôtel de Nantes*, nous procéderons au dénombrement des dix-sept légions de Paris et de la banlieue, et nous nous livrerons à l'étude physiologique de tous ces guerriers qui peuvent lutter parfaitement avec les grenadiers de la vieille garde impériale — pour la hauteur du bonnet à poil.

Mais avant de nous livrer à cette excursion aérienne, sur les tuiles de la tour du Carrousel, excursion qui semble rentrer beaucoup plus dans les attributions des fumistes et des savoyards, que dans celles des poètes, ô muse, je t'en prie, laisse-moi rêver quelques instants au sujet immense que nous allons aborder! — Laisse-moi voir en songe ces quatre-vingt mille citoyens qui ont le droit de monter leur garde à Paris.

O garde nationale, inspire-moi, une fois au moins, un rêve tant soit peu agréable ; franchement tu me dois bien cela, car bien souvent tu ne m'as procuré que d'affreux cauchemars, — bien souvent je me suis permis de maudire le roulement de tes tambours, le son nazillard de tes trompettes, les accents éplorés et déplorables de tes clarinettes, et la correspondance plus déplorable encore de tes sergents-majors !

LE SAPEUR.

On a bien raison de di que tous les goûts soı dans la nature. Il exist des mortels qui aimeı les haricots rouges d'autres qui adorent l musique de M. Hector Berlioz, d'autres qui raffolent du homard, d'autres enfin qui feraient des basses ses pour avoir leurs entrées au théâtre d Gymnase. On doit donc apprendre sans surprise qu'il existe à Paris des hommes très forts et très-robustes, payant exactement leur contributions, jouissant de presque toutes leur facultés et vaccinés, qui font consister leu parfait bonheur sur terre à s'affubler d'un grande barbe postiche pour figurer en tête d la garde nationale parisienne en qualité d *sapeurs*.

Le sapeur est une des curiosités que la capitale seule peut se flatter d'offrir aux regards d'un public idolâtre. En province, le sapeur n'a jamais fait son apparition dans les rangs de la garde nationale; les provinciaux sont trop peu avancés dans la civilisation pour saisir tout ce qu'il y a d'utilité véritable dans un homme placé en tête d'une légion avec une grande barbe, une grande hache et un grand tablier blanc. Les fermiers de Normandie ou les paysans de la Lorraine ne comprendraient l'utilité du sapeur qu'au cas où on le placerait en haut des cerisiers pour effrayer les moineaux. Stupides Normands! Ganaches de Lorrains!

Le ministre de la guerre, déjà, depuis plusieurs années, a réduit le sapeur de la troupe de ligne à sa plus simple expression, en lui enlevant sa grande barbe. Après de nombreuses commissions et des enquêtes multipliées, il fut reconnu que la force humaine n'avait nullement son siége dans la barbe ou dans les cheveux, comme du temps de feu Samson. La révolution de 89 avait changé tout cela, et la moustache seule fut tolérée comme ornement martial.

De nos jours, la barbe est uniquement l'apanage des sapeurs de la garde nationale parisienne, et des hommes de lettres *Humanitaires.* — Plus des licteurs et grands-prêtres du Théâtre-Français. — Les vieux pâtés en ont aussi.

Si le sapeur n'est pas beau, en revanche il est parfaitement inutile. Son emploi consiste uniquement à précéder la légion, dont il est loin de faire le plus bel ornement, pour lui ouvrir passage à travers les flots de gamins qui se précipitent toujours partout où il y a un spectacle gratis. Or, comme l'aspect du sapeur offre un coup d'œil très-baroque dont le gamin est excessivement friand, il se trouve que les légions font le contraire de ce qu'elles devraient faire pour s'avancer tranquillement dans les rues : au lieu de placer les sapeurs en tête, on devrait les placer en queue de la légion; alors tous les gamins, au lieu de précéder les bataillons, se contenteraient de les suivre, et le colonel respirerait librement, tandis qu'il est aujourd'hui étouffé par la masse des jeunes compagnons du sapeur.

Voilà, je le répète, à quoi se bornent les fonctions du guerrier-citoyen à tablier blanc; car il est bien convenu, dans l'engagement du susdit, qu'en temps d'émeutes et de barricades, lorsque le gouvernement est sapé jusque dans sa base, le sapeur ne doit saper rien du tout.

Du reste, en disant que le sapeur ne sert qu'à fendre les flots de gamins, qu'à saper cette broussaille importune qui obstrue les chemins des légions, nous commettions une erreur. Le sapeur sert encore à un autre usage; et même, sous ce second point de vue, il rend un véritable service aux pères et aux mères de famille. Lorsqu'un jeune moutard, absorbé dans le douloureux enfantement de ses dents, s'est permis de crier pendant plus de neuf heures en une seule nuit, et se dispose à continuer pendant onze heures de la journée, la maman n'a d'autres ressources que de menacer l'enfant de *Croquemitaine*. Or, si la Providence fait passer une légion ou même un simple bataillon civique sous les fenêtres de la maman désolée, le sapeur joue merveilleusement le rôle de *Croquemitaine*.

Pour être admis à figurer au nombre des sapeurs parisiens, il ne suffit pas d'être saisi un jour de la monomanie de la grande barbe et de se dire : « Oh ! saperlotte ! que je serais flatté d'être sapeur ! C'est décidé, je m'en vas me faire sapeur ! » Diable ! comme vous y allez ! Les colonels des douze légions sont très-difficiles dans le choix ; une balance est établie à l'état-major général, et on ne peut être admis à moins de peser au moins 200 kilog. Les légions ne veulent avoir à leur tête que des abdomens faisant ressortir avantageusement le vaste tablier de cuir blanc, et appartenant à des hommes qu'on puisse supposer nourris des saines doctrines, et gonflés de l'importance de leurs fonctions. Dès qu'un sapeur commence à perdre de son embonpoint, le conseil de la légion le condamne immédiatement à six mois de racahout forcés !

Il en est des sapeurs comme des melons, les plus gros sont les meilleurs.

Une fois rentré dans le sein de ses foyers domestiques, une fois qu'il a déposé les insignes de sa dignité, le sapeur ne garde plus rien de son air rebarbatif ; il est bon père, bon époux, bon charcutier, et ne reprend son air martial et sa grande barbe que lorsqu'il faut aller parader dans la cour du Carrousel.

Quand le sapeur pose pour un portrait à l'huile, qui doit être exposé au salon du Louvre, il se fait peindre en grand uniforme; mais, lorsqu'il fait seulement dessiner un petit médaillon au *visocalque*, destiné à être donné à sa femme ou à sa maîtresse (car le sapeur est quelquefois immoral), il se contente de poser en tenue bourgeoise et charcutière, et alors voici son portrait :

LE TAMBOUR-MAJOR.

Tambour-major, ô créature d'élite, que tu as raison de porter la tête et les plumes hautes, c'est en te voyant que l'on se met seulement à croire à la parole de l'Evangile qui nous apprend que l'homme a été fait à l'image de Dieu, — je comprends un dieu de cinq pieds huit pouces, mais je ne reconnais plus son image dans le *facies* d'une foule de très-vilains mortels comme on en coudoit journellement dans les douze arrondissements de Paris et même dans la banlieue.

Feu Alexandre-le-Grand, flanant un jour sur les trottoirs d'Athènes, avait dit en rencontrant un philosophe assez malpropre : « — Si je n'étais Alexandre, je voudrais être Diogène ! » — Imaginez-vous alors ce qu'aurait proféré cet empereur des Macédoniens, s'il lui avait été permis d'admirer sur les trottoirs de Paris un tambour-major de la garde nationale en grandissime tenue ? —Nul doute que cet Alexandre qualifié de Grand, à cause du moral, mais qui, au physique, ne possédait que très-peu de mètres de hauteur, ne fût immédiatement décédé de dépit !

Aujourd'hui qu'Alexandre n'existe plus (du moins il y a gros à parier !), le tambour-major excite tout simplement l'admiration et l'envie du gamin de Paris, qui, en contemplant cet être non moins doré que gigantesque, oublie la mutuelle et les pruneaux de l'épicier.

Il est certain que le tambour-major de la garde nationale est assez resplendissant pour aveugler des yeux encore un peu faibles. — Le tambour-major a cela de commun avec le soleil, qu'on ne devrait le regarder qu'avec des lunettes vertes.

L'origine du tambour-major se perd dans la nuit des temps ; — des temps impériaux bien entendu ; car nous ne pensons pas que sous Louis XV le tambour-major fût inventé, sans cela les historiens n'auraient pas manqué de nous rapporter une foule d'aventures dont les magnifiques hommes auraient été les héros : — enlevés par des marquises, soustraits par des comtesses, disputés par des duchesses, ils n'auraient pu suffire à tant de bonnes fortunes ; — puis on en aurait retrouvé quelques-uns dans les cachots de la Bastille où les auraient fait insérer quelques maris puissants, — en cour. — Or, le 14 juillet 1789, les vainqueurs de la Bastille n'ayant délivré aucun tambour-major chargé de fers, on peut être certain que décidément le tambour-major n'a été inventé qu'après la convocation des notables, la vaccine et les pommes de terre, — trois choses qui changèrent la face du monde, — surtout la vaccine.

Si le tambour-major de la simple ligne mène une existence émaillée de fleurs, de boutons de rose et de petits poulets amoureux, jugez de ce que doit être la vie du tambour-major de la garde nationale de Paris qui a le droit d'orner son front d'une foule de panaches qui éclipsent les pompes funèbres dans leurs jours des plus grandes magnificences, et qui vit au milieu d'une population de neuf cent mille âmes, dont quatre cent cinquante mille sont féminines et par conséquent ont le droit d'être sensibles.

Quand on songe aux désastres que ces don Juans peuvent causer dans les ménages, on bénit la loi sur la garde nationale qui a limité le nombre des légions au chiffre de douze. — Car enfin rien n'empêchait qu'on en créât vingt-quatre ou trente-six. — Où cela nous aurait-il conduit, grand Dieu!

Du reste, on ne saurait trop admirer la prévoyance de la nature; car cette excellente personne, pour calmer les alarmes du monde, et surtout du monde petit, n'a pas voulu permettre que l'homme magnifique devînt amoureux de toutes les femmes en général, ce qui aurait pu le mener beaucoup trop loin. — La nature, la bonne nature a jeté dans le cœur du tambour-major un amour insensé rien que pour une seule classe de femmes, la classe des petites boulottes. —C'est bizarre, mais c'est comme cela.

Toutes les fois que vous rencontrez un cœur de tambour-major transpercé d'une flèche de Cupidon, vous pouvez être sûr que ce cœur saigne à l'intention d'une femme dont le bonnet ou le chapeau arrive tout au plus à l'épigastre de notre bel homme; — mais cette beauté plus ou moins sensible n'est pas seulement nourrie des principes de la Vertu, et à voir son admirable embonpoint, on la regarde comme un prospectus vivant du *Racahout des Arabes*.

A Paris, les tambours-majors de la garde nationale sont astreints à une espèce de service militaire et sont toujours en petite tenue pour aller à la mairie passer l'inspection et faire l'appel quotidien du vulgaire des tambours. — La petite tenue est moins *casse-cœur*, mais néanmoins le bonnet de police est continuellement incliné d'une façon un peu triomphante du côté de l'oreille droite.

En province, le tambour-major de la garde nationale sert presque toujours à deux fins. — Les beaux hommes sont rares dans les chefs-lieux de sous-préfecture, et quand on trouve un mortel assez favorisé de la nature pour dépasser tous ses contemporains d'une tête ou deux, on l'investit des doubles fonctions de chef des tambours de la garde civique et de suisse de la paroisse. — C'est à en perdre la tête de vanité !

La même main manie avec un égal succès la grosse canne et la longue hallebarde, et les jours de grande fête, notre maître Jacques quitte à onze heures l'habit rouge du fonctionnaire religieux pour entrer dans le pantalon écarlate du fonctionnaire militaire, — sauf à rentrer dans l'habit rouge à deux heures pour aller à vêpres ou à Complies, sauf à *rerentrer* dans la

grande tenue de l'écarlate pour aller promener son épouse dans la grande rue de la petite ville.

O homme heureux, homme heureux! si tu n'es pas satisfait de ta position sociale, tu es un grand ingrat envers la nature et envers Monsieur le Maire.

LE TAMBOUR.

Ma parole d'honneur, si je n'étais ce que je suis, je voudrais être tambour de la garde nationale de Paris.

Si Figaro avait existé de nos jours, bien certainement il aurait laissé là savonnette et rasoirs pour prendre les baguettes du tambour-citoyen. Toujours joyeux, sans souci, instruit le premier de toutes les nouvelles de la mairie et du bataillon, courant par ci, courant par là, enlevant les barricades, emportant d'assaut le cœur des marchandes d'oranges, courtisant les belles comme un Français, flanant comme un Napolitain, fumant comme un Espagnol, et se grisant comme un Allemand, tel est le portrait fidèle du tapin qui conduit chaque jour la garde nationale à la gloire et à la patrouille.

Ajoutez à cela que le tambour est parfaitement libre, car, pourvu qu'il obéisse à son colonel, à son capitaine, à son sergent-major, à son tambour-maître, et à chaque garde national qui se trouve au corps-de-garde, mon gaillard peut faire absolument tout ce qu'il veut, — si sa femme le lui permet.

Le tambour de la garde nationale est un être amphibie qui tient à la fois du civil et du militaire : — il tient du civil par son uniforme peu martial, par ses relations avec la mairie, et par ses goûts matrimoniaux ; — il tient du militaire par ses moustaches obligées, par son bonnet de police permanent, et par sa haute paie régulière. Ajoutez à cela que presque tous les tambours de la garde nationale ont commencé leur existence tambourinière dans les rangs de l'armée garance, et ont crevé des peaux d'âne et brisé des oreilles pendant huit années consécutives, aux appointements de deux sous par jour.

Grâce à sa position d'ancien militaire, le tambour de la garde nationale est de droit le narrateur, le conteur obligé qui charme les loisirs de toutes les soirées du service ; Marco-

Saint-Hilaire du corps-de-garde, il possède une foule de souvenirs du temps de l'empire. Il se permet de narrer la bataille de la Moskowa de manière à faire dresser les bonnets de police sur la tête des auditeurs, — ou à les faire bâiller d'une manière démesurée.

Ces souvenirs de gloire et pas mal de verres de bischof enivrent très-souvent plusieurs personnes de l'assemblée, y compris même des caporaux.

Il est fâcheux seulement que l'habitude de larder les Russes et les Prussiens ait fait contracter au narrateur guerrier l'habitude beaucoup plus déplorable et beaucoup moins patriotique de sabrer la langue française. Le tambour aime beaucoup à lier entre eux tous les mots par des z ou des t. Il oublie qu'on ne doit se permettre ces choses-là que lorsque l'on est portier ou maréchal de France.

Quand le tambour n'est pas de garde, ce qui lui arrive au moins tous les huit jours, il se rend en petite tenue dans la cour de la mairie de son arrondissement pour répondre aux appels, réappels et contre-appels, qui se font six à sept fois par jour par l'organe plus ou moins flatteur du tambour-major.

La partie la plus active des fonctions militaires-civiles du tambour consiste dans la remise à domicile de tous les billets de garde

adressés par le sergent-major à ses chers camarades. Grâce à cet emploi de facteur en bonnet de police, le tambour est non-seulement au courant de tous les logements des soldats de sa compagnie; mais encore il connaît toutes les portières, qui connaissent tous les secrets de la maison, et de la sorte il connaît les secrets de toute la compagnie. Personne mieux que ce Mercure en uniforme ne pourrait vous dire pourquoi le sergent-major a soin d'envoyer coucher au corps-de-garde, beaucoup plus souvent qu'à son tour, tel voltigeur dont la femme est aussi coquette que jolie; le tambour n'apporte jamais ce billet sans se dire : Infortuné voltigeur!

Grâce à son emploi de distributeur, le tambour n'oublie nullement de profiter des bénéfices attachés de temps immémorial au corps des fonctionnaires subalternes de la poste aux lettres, et lors du 31 décembre le facteur à bonnet de police vous offre une foule de vœux pour votre bonheur, tout comme le facteur au chapeau ciré. La seule différence consiste en ce que le chapeau ciré vous souhaite toutes sortes de prospérités en vous présentant un almanach de deux liards, tandis que le bonnet de police vous prodigue ces mêmes vœux de prospérité avec une lettre lithographiée ornée d'une vignette coloriée représentant un cœur enflammé sur deux baguettes en sautoir : ordinairement on donne trente sous pour le cœur, et quinze sous par chaque baguette.

Total, trois francs d'étrennes.

Outre les profits de la lettre ornée, le tambour a l'agrément de recevoir des étrennes bien plus confortables en allant se livrer sous la fenêtre de tous les gradés de la compagnie à des rrrra, à des fla, qui varient d'importance depuis le colonel jusqu'au simple caporal.—Rien n'est plus flatteur pour un caporal que d'être réveillé, le 1er janvier, à cinq heures du matin, par une aubade. Cela pose avantageusement un homme dans le quartier.

Il est probable que le tambour augmente aussi son petit casuel à l'aide des primes que les capitaines féroces allouent par tête de garde national réfractaire dont on parvient à découvrir l'adresse. Mais nous nous occuperons plus spécialement de ce fait dans l'article que nous consacrerons à la physiologie du *Réfractaire*, qui est bien digne de trouver place dans notre galerie des mœurs garde nationalesques.

Les heures de loisir du tambour de la garde

nationale sont généralement employées par ce fonctionnaire public à causer littérature dans les cabinets particuliers des marchands de vin. Rien n'altère comme les discussions littéraires. Aussi lorsqu'il rentre dans son domicile conjugal, le tambour, qui a la vue faible et tant soit peu troublée, tombe souvent dans une erreur déplorable qui consiste à prendre sa femme pour son instrument à peau d'âne.

Quand le tambour est devenu vieux, quand ses moustaches sont passées du chinchilla au blanc argenté, quand ses rrra n'ont plus de suite, et ses fla plus de vigueur, il prend ses invalides dans une loge de portier, et grâce à son ancien métier, il sait faire marcher au pas les locataires les plus indisciplinés.

Puis, dans ses rêves des longues soirées d'hiver, il se rappelle l'heureux temps où il blanchissait les buffleteries de deux cents Chasseurs!

LE MUSICIEN.

Comme il existe à Paris bon nombre de citoyens qui n'aiment que médiocrement les factions de deux heures au pied d'une guérite quelconque, qui affectionnent légèrement les patrouilles nocturnes et qui ne raffolent pas du tout des nuits passées au corps-de-garde, en compagnie d'un vieux poële et de gardes nationaux qui fument à qui mieux mieux, — ces nombreux citoyens, disons-nous, ont cherché un asile contre les persécutions du sergent-major, et cet asile ils l'ont trouvé dans les rangs des musiciens de la garde nationale.

Le Parisien qui possède une douzaine de mille livres de rentes et qui de plus, à l'aide de puissantes protections, est parvenu à entrer dans la musique de la légion, a tous les éléments du parfait bonheur sur la terre.

Le musicien ne connaît ni factions, ni patrouilles, ni rhumes de cerveau, ni émeutes, ni croix-d'honneur, rien enfin de ce qui fait le désagrément du simple garde national. Tous les douze jours, ou même tous les vingt-quatre jours, je crois, mon gaillard prend, vers dix heures du matin, son instrument en cuivre ou en bois, et va faire une petite promenade jusqu'à la place du Carrousel, pour accompagner avec un air guerrier les chers camarades qui sont de garde pour vingt-quatre heures. Après cette course agréable et salutaire qui ouvre parfaitement l'appétit, le musicien, qui a payé sa dette à la patrie, va prendre au café voisin un excellent bifteck aux pommes, afin de se remettre des nombreux canards auxquels il s'est adonné pendant trois quarts d'heure.

Mais ici vous m'interrompez et me dites : « Il ne suffit pas d'avoir douze mille francs de rente et de hautes protections pour être parfaitement heureux sur terre, car pour être reçu au nombre des musiciens de la garde nationale il faut encore posséder une qualité indispensable, c'est-à-dire être musicien ! » — Lecteur, vous m'affligez, et votre interruption prouve que vous êtes dans une ignorance complète des lois, us et coutumes de la garde nationale parisienne. « Comment, il ne faut pas connaître une note de musique ? — Oui et non », réponse éminemment diplomatique et pourtant parfaitement juste. Si vous voulez être clarinette, cornet à piston ou trombonne dans la musique de la garde nationale, évidemment pour vous présenter il faut que vous sachiez comment s'embouche un de ces instruments à vent, ou, à la rigueur, à la grande rigueur, il faut que vous sachiez au moins un peu toucher du piano. Mais si vous voulez être triangle, cymbalier ou chapeau chinois, vous n'avez pas même besoin d'être de dix-septième force sur l'accordéon ou sur la guimbarde. Par exemple, il faut avoir des protections excessivement puissantes. Ce n'est pas trop que de la recommandation d'un pair de France pour arriver à tenir la paire de cymbales, et il faut être né coiffé pour obtenir le chapeau chinois.

C'est surtout parmi les artistes, ces véritables lazzaroni parisiens qui aiment tant à flaner le long du bitume des boulevards, sous les rayons d'un soleil ordinairement peu napolitain, que l'on rencontre le plus grand nombre de concurrents toutes les fois qu'il se présente une vacance dans la musique de la garde nationale.

Dans les douze légions il n'est pas un triangle, pas un chapeau chinois, pas un cymbale, pas un tambourin qui ne soit tapotés, secoués, trémoussés par un peintre, un sculpteur, un chanteur ou un artiste quelconque. Pour ne citer qu'un exemple, il nous suffira d'apprendre à messieurs les flaneurs et les gamins de Paris qui ont déjà remarqué dans les rangs de la musique de la deuxième légion un petit triangle à l'air mélancolique comme une jeune miss anglaise, que ce triangle n'est autre que Dantan jeune, notre spirituel et célèbre sculpteur.

Par exemple, nous nous plaisons à croire que la grosse caisse de chaque légion reçoit une prime d'encouragement, sinon même des appointements à l'année; car il faut avoir une hydrophobie bien caractérisée contre la faction et la patrouille pour se livrer gratuitement à la profession de *gros-caissier*. Pour ma part, j'aimerais encore mieux être sapeur ou faire un très-grand nombre de factions au pied de l'état-major de la garde-nationale, de l'obélisque de Luxor, des mâts de cocagne des Champs-Élysées ou autres monuments nationaux.

Quant au cymbalier, il est aussi fort heureux, et il devient d'une force surprenante sur son instrument après huit ou dix mois d'études.

Il existe cependant un être plus heureux encore que le musicien qui parvient à obtenir la faveur de porter un de ces instruments que M. Nisard aurait le droit de nommer *faciles*. Cet homme excessivement heureux est le musicien de la garde nationale à cheval. Celui-là ne prend les armes, non, je veux dire le cornet à piston, qu'une seule fois par an, le jour où le roi passe la revue de toute la garde nationale. Il est vrai que dans cette circonstance solennelle il lui est impossible de manquer son service, à moins qu'il n'ait une permission spéciale du chef de musique... qui ne la refuse jamais.

Quant à la musique de la garde nationale rurale, ce qu'elle offre de particulier, c'est une abondance de *petits fifres*, gaillards qui ont une taille de cinq pieds six pouces. Ces petits fifres accompagnent les tambours en sifflotant toujours la même note, et suivant l'ingénieuse et profonde remarque du saltimbanque Bilboquet, cette musique cause le plus grand plaisir aux personnes qui aiment cette note-là.

LE GRENADIER.

J'avoue qu'un grenadier est un objet bien séduisant ; — aussi j'excuse la faiblesse de bon nombre de citoyens qui font une foule de bassesses auprès du sergent-major pour être enrôlés dans une de ces compagnies d'élite, bien qu'ils ne possèdent que cinq pieds deux pouces, — mais, pardon, je viens de commettre un crime de *lèze-mesure*, — malheureusement je ne suis pas de force à le réparer. Je vous prie donc de convertir vous-mêmes ces punissables cinq pieds deux pouces en mètres, en centimètres et même en kilomètres.

Le grenadier, de l'aveu de tous méritant le pompon, s'est adjugé un plumet; quelques compagnies se sont même adjugé une foule d'autres embellissements, tellement nombreux qu'il faut beaucoup de bonne volonté pour reconnaître dans tout cela l'uniforme de la garde nationale. — Un plumet formé de la dépouille de trois chapons, une bande rouge large comme les deux mains, et appliquée de chaque côté du pantalon, des plaques de fantaisie, des dragonnes de convention, des épaulettes fabriquées exprès pour la compagnie, tels sont les embellissements de rigueur; — il est bien entendu après cela que chaque capitaine varie encore ces variations; car l'honneur du corps veut que l'on puisse reconnaître la compagnie *Fatempin* ou *Tartempion* à trois cents mètres de distance. — Pour peu que cela continue, les grenadiers imiteront les marins et feront inscrire en lettres jaunes sur leurs bonnets à poil le nom de leur compagnie : — la *Coquette*, la *Sémillante*, la *Magnifique*, l'*Ebouriffante*, etc. . . . .

Grâce à la magnificence de leur tenue guerrière, les grenadiers ne manquent jamais de prendre les armes dès que le tambour bat le rappel... pour une parade. Les bataillons de la garde nationale ressemblent en cela à un panier d'abricots ou de prunes de reine Claude. On aperçoit au premier coup d'œil tout ce qu'il y a de mieux ; ce sont les plus beaux abricots, non, je veux dire les plus beaux grenadiers qui ouvrent la marche : le menu fretin des chasseurs forme le fond du panier.... non du bataillon !

Le grenadier est tellement satisfait de sa condition sociale qu'il saisit avec empressement toutes les occasions de s'orner de son immense bonnet d'ourson, si bien fait pour donner dans l'œil à toutes les femmes qui se mettent à la fenêtre, à moins qu'elles ne demeurent au-dessus du troisième étage ; — car il faut rendre justice à ces porteurs de bonnets d'ourson, c'est qu'ils n'en ont pas encore fait fabriquer qui s'élevassent à une hauteur qui pût atteindre jusqu'aux fenêtres des troisièmes étages.

Cela tient peut-être à l'immense quantité d'ours qu'il faudrait consommer pour obtenir cet ornement ; et puis peut-être aussi le préfet de police s'y est-il opposé dans l'intérêt de ses reverbères.

Vous pouvez remarquer qu'à tous les enterrements les compagnies de grenadiers sont toujours très-nombreuses, tandis que les chasseurs ne fournissent qu'une très-petite escorte. — Et le grenadier met quatre ou cinq heures pour revenir du Père-Lachaise jusqu'à son domicile, quand bien même il demeurerait place Saint-Antoine. Car alors, pour rentrer chez lui, notre gaillard prendrait toute la ligne des boulevards, et puis remonterait la Seine tout le long des quais. — O bel homme! bel homme! que tu abuses de ton physique et de ton bonnet d'ourson!

C'est-à-dire certains grenadiers (surtout ceux de cinq pieds deux pouces) sont si fanatiques de ce dit bonnet, que je les soupçonne très-fort de ne pas le quitter pour se coucher, et de le transformer ainsi en bonnet de nuit. — Cette passion doit amener bien des cauchemars pendant les nuits de la canicule.

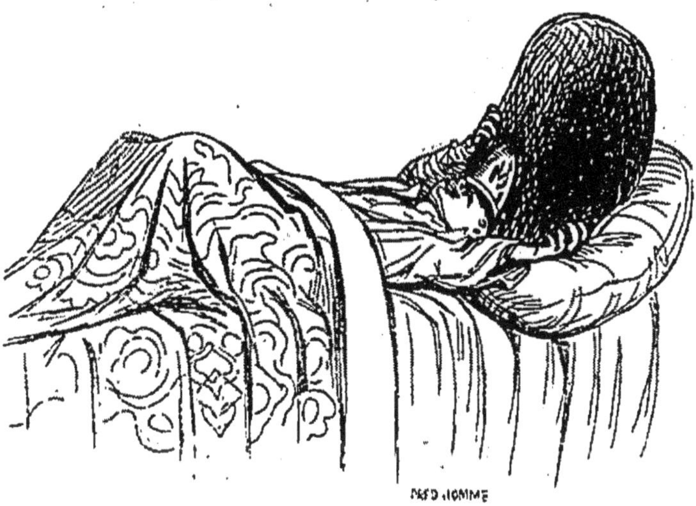

Le bonnet d'ourson est pour le grenadier sa manie, sa marotte, son *dada*, comme dit Sterne. Quand il ne lui couvre pas le crâne, il l'a toujours dans le cerveau, il le cite à tout propos, et même quelquefois à propos de rien. — Pour vanter les beaux yeux d'une femme, il dit : — « *Ils sont noirs comme mon bonnet d'ourson!* — S'il s'agit de faire l'éloge des cils d'une autre dame, il s'écrie : « *Ils sont longs et soyeux, et seraient di-*

gnes de faire partie de mon bonnet d'ourson!» etc., etc.

Le grenadier a encore une manie dans la conversation des corps-de-garde, c'est de se livrer à des plaisanteries immodérées sur le garde national à cheval, — autre conquérant qui croit avoir des droits superbes aux yeux de ses contemporains. — Comme le garde à cheval n'a pas la prétention de rivaliser pour la taille avec les mâts de cocagne, le grenadier profite de toute sa haute supériorité pour le traiter du haut de sa grandeur. — Les grenadiers et les gardes à cheval sont les Guelfes et les Gibelins du dix-neuvième siècle. — C'est fort triste, mais c'est comme cela!

Le grenadier connaît trop le respect qu'il doit à ses devoirs et à son bonnet d'ourson pour se faire jamais citer devant le conseil de discipline. Les jours de garde sont pour lui des jours de fête ; et il fait collection des ordres de service qui lui sont adressés par son sergent-major. — Inutile de dire qu'il ne monte jamais une faction, qu'il ne fait jamais une patrouille sans se mettre le sac sur le dos, et sans avoir passé l'inspection la plus rigoureuse de ses boutons de guêtre. — C'est sa femme, légitime ou non, qui est ordinairement chargée de la mission de confiance de recoudre tous les boutons qui tendent toujours à quitter leur propriétaire.

O Légouvé, dans ton poème du *Mérite des Femmes*, œuvre que je ne connais pas, mais dont j'ai beaucoup entendu parler dans la société, je suis bien certain que tu as oublié de consacrer des vers pour célébrer le dévouement ci-dessus; et pourtant ce n'est pas un des moins sublimes. — Plus d'une femme aimerait mieux soigner des malades que de soigner des guêtres, — et cela se conçoit.

Aussi le mérite n'en est-il que d'autant plus grand ; c'est-à-dire que si j'étais femme et jolie femme surtout, j'aimerais beaucoup mieux confectionner trois paires de guêtres complètes que de recoudre un seul bouton.

L'épouse qui, le jour du *jugement dernier*, arrivera avec un assortiment complet de boutons de guêtres recousus, ne peut manquer de se voir remettre à son tour une foule de légères peccadilles, ou bien le système des compensations ne sera pas pratiqué dans la *vallée de Josaphat !*

LE CHASSEUR.

Le chasseur marche immédiatement après le grenadier, et pourtant il est loin de suivre ses traces.

Autant l'un est coquet, autant l'autre est insouciant pour sa tenue; — autant le premier est plein de zèle, autant le second est flaneur et retardataire. — Ce n'est que dans les rangs des chasseurs, que les jours de parade les capitaines ont la douleur de compter et de voir un grand nombre de manquants.

Le chasseur fait son service (quand il le fait) parce que la loi l'y oblige, mais voilà tout; — il ne montre ni enthousiasme, ni fanatisme; il place son shako en arrière quand ça lui convient, laisse passer son col de chemise si tel est son bon plaisir, ne se prive pas de socques articulées pour peu qu'il y ait de boue, et emporte son journal pour lire un article sur la question d'Orient, ou sur la question des *betteraves*, tout en faisant sa faction.

En un mot, le chasseur est l'expression vivante de la société moderne, ou si vous aimez mieux, c'est l'égoïsme personnifié : — il factionne et patrouille tranquillement en ne songeant qu'à éviter les gardes hors de tour, et les condamnations du conseil de discipline. — Du reste, un cœur excellent et s'empressant toujours de souscrire à tous... les banquets où l'on mange beaucoup de veau froid ou chaud, sous prétexte de cimenter l'union entre tous les frères d'armes de la même compagnie. — Ce qui fait qu'au dessert les chers camarades se cassent ordinairement une douzaine de bouteilles sur la tête, et c'est fort triste, — parce qu'il faut les payer en sus de la cotisation.

Le chasseur, qui est déjà très-porté par ses inclinations naturelles à se laisser aller à ses idées d'indépendance, s'y trouve encore excité par l'exemple de tous les *réfractaires* enrôlés de force qui viennent chaque jour grossir les rangs des compagnies non d'élite. — Car c'est toujours dans les rangs des vulgaires chasseurs que s'enrôlent tous les citoyens dépistés par les tambours, et qui se privaient depuis un temps plus ou moins long d'user du droit que leur donne la Charte, de ce droit superbe qui n'appartient qu'à tous les Français âgés de vingt à cinquante-cinq ans, — vaccinés ou non,

— du droit de monter sa garde, puisqu'il faut l'appeler par son nom !

Jamais au grand jamais le réfractaire, eût-il une taille de Patagon, ne consent à entrer dans une compagnie de grenadiers, il serait désespéré de marcher au premier rang de son bataillon, il va s'enfouir au milieu d'une compagnie du centre, et il dissimule le plus possible tous les avantages physiques dont l'a gratifié la nature. — Et si sa tête altière plane d'un grand nombre de centimètres au-dessus des épaules grelues de tous ses voisins, il a presque toujours soin qu'une barbe demesurée ou qu'une chevelure absalonienne vienne faire un contraste encore plus baroque avec les têtes de tous les chasseurs d'alentour.

Le capitaine de la compagnie, en voyant cet homme trop magnifique, se sent profondément humilié s'il se permet de faire la plus légère comparaison entre lui et lui ! — Quant au capitaine qui commande les grenadiers du bataillon, il pousse aussi de profonds soupirs en voyant quel superbe soldat s'obstine à fuir sa compagnie dont il serait le plus bel ornement.

Outre la vengeance relatée ci-dessus, le réfractaire bel homme a encore un autre motif pour ne pas accepter l'honneur de faire partie des bonnets à poil de son quartier; c'est que l'ours est devenu hors de prix, du moins sa peau, et beaucoup de gens aiment mieux, avec le prix d'un bonnet d'ourson, se procurer un paletot ou tout autre divertissement. — Cette opinion a droit à tous nos respects, puisqu'elle est consciencieuse.

Un travail de statistique, qui n'a pas été fait par M. Dupin, nous apprend que sur cent gardes nationaux condamnés par les conseils de discipline, pour inexactitude dans le service, on compte quatre-vingt-cinq chasseurs. — Ce chiffre est éloquent.

La même statistique nous apprend aussi que la plupart des méfaits de ces coupables consistent à arriver au poste deux ou trois heures après la compagnie, à manger des gâteaux de Nanterre en étant de faction à la grille des Tuileries, et à se permettre d'appliquer au caporal qui fait des observations l'épithète légère et potagère de *cornichon!* — Or, un caporal qui se respecte ne peut pas digérer cela.

Du reste, quant à tous les maniements d'armes, le chasseur les exécute assez ponctuellement quand cela lui plaît, — mais cela ne lui plaît presque jamais. Lorsque le capitaine commande : *portez, armes!* on peut être certain que la moitié de la compagnie juge à propos de mettre l'arme au bras. — L'indépendance est une chose si précieuse!

Quand, en visitant les monuments de la capitale, vous viendrez à visiter ceux du Père-Lachaise, si vous découvrez l'inscription suivante : — *Ci gît ***, bon père, bon époux, bon chasseur*, arrêtez vos pas et découvrez-vous avec respect, car vous foulerez aux pieds les cendres, non pas d'un héros... non, je veux dire d'un garde national très-rare !

LE VOLTIGEUR.

Parmi les divers guerriers qui composent le corps d'armée de la garde nationale, le voltigeur a su toujours attirer l'attention du public et particulièrement des véritables amateurs, — des Français de la vieille souche qui aiment encore à rire de ce bon gros rire si large et si franc qui épanouissait la rate de nos ancêtres. — Pour mon compte, je l'avoue, je serais grandement contrarié si on venait un jour à supprimer cette compagnie jaune qui, même les jours où je suis disposé à tout voir en noir, a le privilége constant de ramener mes idées à la nuance la plus rose-tendre que l'on puisse imaginer.

Le voltigeur est la caricature du grenadier, — Voltigeur, je te bénis!

Les jours d'émeutes et de barricades, on a réellement grand tort de faire marcher les compagnies de voltigeurs les dernières. Si l'autorité tenait à faire cesser immédiatement le désordre, on n'aurait qu'à placer au contraire les voltigeurs en tête de chaque légion. Dès que les insurgés apercevraient ces compagnies jaunes, ils seraient désarmés par la raison toute simple qu'ils riraient de très-bon cœur.

Nous soumettons cette idée stratégique aux méditations des hauts dignitaires de l'état-major général, car si on l'adoptait, nous sommes convaincus qu'il n'y aurait plus ni de sang ni de larmes versées ; car les larmes versées à force de rire ne doivent pas entrer en ligne de compte.

C'est surtout dans les rangs des voltigeurs que l'on compte le plus grand nombre de citoyens professant un enthousiasme impossible à décrire pour la patrouille, et l'ordre public poussé jusque dans ses dernières limites : le voltigeur est rageur relativement aux opinions politiques ; il écume très-souvent dans la discussion ; en un mot, il tourne facilement à l'hydrophobie. Cela est pardonnable si l'on a égard à sa constitution ordinaire, à son tempérament *repletoso-graissoso-suoso-sanguin*. — Si la police était bien faite, à Paris elle ferait afficher un réglement dans l'intérieur de tous les corps-de-garde pour défendre de parler politique avec un voltigeur pendant la canicule.

Le recrutement des compagnies de voltigeurs est fait avec un goût bien singulier. — Ces

guerriers qui, par l'étymologie du nom qu'ils portent, semblent destinés à *voltiger*, sont tous taillés sur le patron de Lepeintre jeune.

Du reste, nos gaillards ont un amour-propre qui peut entrer en balance avec leur abdomen, car, sous le prétexte que les gros hommes sont encore plus rares que les hommes grands, ils se mettent bien au-dessus des grenadiers eux-mêmes; — malheureusement pour les voltigeurs, cette opinion flatteuse n'est pas partagée par la grande majorité du public, et il n'y a guère que les ivrognes qui éprouvent quelques charmes à contempler un gros voltigeur, parce qu'ils lui trouvent quelque point de ressemblance avec un tonneau.

Pour comble d'infortune, les voltigeurs ont eu en partage, comme ornement spécial, la nuance jaune dite serin. — Épaulette jaune, dragonne jaune, plumet jaune, — tout est jaune chez ces guerriers. — Ah! si, pourtant quelquefois il arrive que les lunettes qu'ils portent sont vertes, ce n'est plus tout à fait d'uniforme, mais cela contribue encore fort agréablement au pittoresque du personnage.

Du reste, le choix que font les gros hommes pas beaux en entrant dans des compagnies de voltigeurs, prouve qu'il n'ont pas le moindre préjugé, comme maris, et qu'ils ne redoutent nullement l'influence fâcheuse du jaune sous le rapport conjugal. — Ce serait faire preuve de courage, mais par malheur on ne peut pas attribuer cela au courage du voltigeur, c'est plutôt un effet de ce même amour-propre superlatif dont nous avons déjà eu l'occasion de vous entretenir. — Notre homme, prenant la beauté au point de vue oriental, est bien convaincu que sa femme est amoureuse folle de son remarquable embonpoint, et effectivement, presque toujours la dame, par des motifs que nous n'avons pas à apprécier ici, parce qu'ils restent dans le domaine de la haute comédie, comble son mari de petits soins, d'attentions délicates, et menace même très-souvent de se jeter par la fenêtre si son gros Oscar lui devenait infidèle.

— Nous le répétons, ceci est de la haute comédie, qui jamais ne tourne au mélodrame, car nous avons consulté un grand nombre de commissaires de police qui tous ont été unanimes pour nous déclarer que jamais on ne les avait fait appeler pour assister à la levée du corps d'une épouse de voltigeur de la garde nationale venant de se suicider par amour, — par amour pour son mari bien entendu.

O bonnet d'ourson, il faut que tu aies bien du charme pour que des hommes ayant à peu près toute leur intelligence, sachant presque tous lire, écrire et compter, — et même ayant joui pour la plupart des bienfaits de la vaccine, consentent à s'affubler de cette foule d'ornements très-jaunes pour avoir le bonheur de te coiffer. — O bonnet d'ourson, il est vrai que tu as une forme si étrange, si hors ligne, si mirobolante, que ce ne doit pas être une médiocre satisfaction que de te sentir sur le crâne. — et pourtant, ô bonnet d'ourson, veux-tu que je te dise franchement mon avis sur ton compte; je te trouve hideux, car presque toujours tu sembles avoir été fabriqué avec deux vieux manchons mis hors de service, et ta prétendue peau d'ours semble n'avoir jamais costumé qu'un lapin, et encore non de garenne.

Enfin, puisque tu fais le bonheur du voltigeur, je n'ai plus rien à dire et je souhaite que de ton côté le voltigeur embellisse ton existence; mais cela me semble bien difficile, vu sa laideur!

Le Caporal.

Quand on dénombre les autorités de la garde nationale, le premier personnage qui nous apparaisse dans la hiérarchie des gradés est le caporal.

Le grade de caporal est le plus modeste de tous; mais il s'en faut que le personnage soit au niveau de la modestie de ses galons de laine. — Notre gaillard a presque toujours l'importance d'un commissaire de police; et, mettant en pratique la vieille maxime qui nous apprend que *quand on prend du galon on n'en saurait trop prendre*, il pousse cette maxime jusqu'à ses dernières limites.

Si, dans un corps-de-garde, vous entendez

quelqu'un marronner, grommeler et même quelquefois se fâcher contre un simple garde national, vous pouvez parier à coup sûr, sans même tourner la tête, que le censeur a les simples galons du caporalat. — Un sergent gronde beaucoup moins, et un officier ne gronde jamais. — Car tels sont les résultats de l'élection et du dégommage, la politesse envers l'inférieur est en raison directe de la supériorité des grades.

La classe de messieurs les caporaux se compose de deux éléments bien distincts. — D'abord des ambitieux effrénés qui aspirent aux grandeurs du pouvoir, et qui, pour arriver à se parer un jour de la brillante épaulette d'argent, montent à l'assaut en commençant par le premier échelon. — A chaque élection nouvelle ils obtiennent une petite promotion. Grâce à cinq ou six, ou même à douze années de politesse envers les chers camarades, ils finissent par passer capitaine. — On peut dire réellement que ces nouveaux Samsons ont enlevé leurs épaulettes à la force du poignet; car c'est effrayant que de calculer le nombre de fois qu'il leur a fallu secouer la main des deux cents chasseurs de la compagnie! Puis, des caporaux qui, sans avoir une ambition effrénée, ont accepté ces fonctions uniquement pour échapper aux ennuis de la faction! — Ces citoyens, au lieu et place d'une simple faction, préfèrent être réveillés à toutes les heures pour aller poser les factionnaires, et Dieu sait comment dort un caporal de voltigeurs! — Cela enfonce les marmottes!

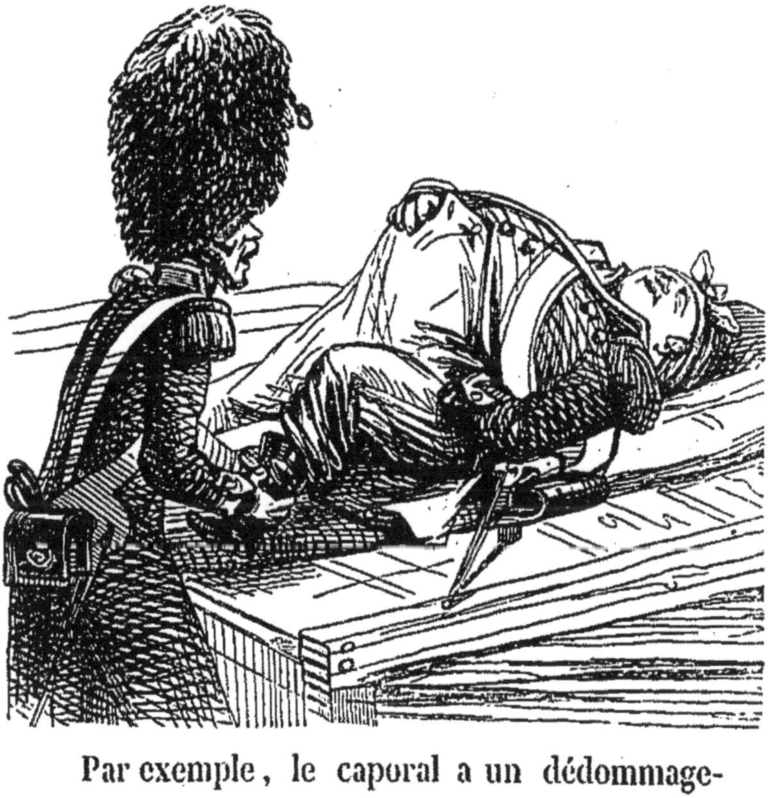

Par exemple, le caporal a un dédommagement pendant les nuits d'hiver, c'est de sortir à chaque instant pour aller reconnaître les patrouilles ou plutôt les *trouilles*, car c'est ainsi que répond le chef de la patrouille au *qui vive!* de la sentinelle. — Va donc pour trouille puisque trouille il y a! — O langue française, langue de M. de Buffon, de Bossuet et des caporaux de la garde nationale, que tu es laide dans ta simplicité!

Quand le poste fournit à son tour quatre guerriers destinés à se promener pendant trois heures dans les rues et dans les boues de la capitale, c'est encore au caporal qu'est dévolu l'honneur de commander la troupe et de marcher en avant. — Ce qui fait que, pendant l'hiver, au milieu des fondrières, des boues et des avalanches de neige, le caporal joue un rôle philanthropique renouvelé de l'emploi des chiens du mont Saint-Bernard. — C'est son pied qui sonde le premier tous les mystères des carrefours, éclairés par les reverbères municipaux, ce qui veut dire qu'ils ne sont pas éclairés du tout; et quand la patrouille voit disparaître aux trois quarts son chef, qui a de la boue jusqu'à la giberne, elle s'arrête immédiatement, et ne s'aventure pas dans ces parages dangereux. —

C'est-à-dire, qu'en y réfléchissant bien, on trouve que cette conduite enfonce totalement celle des chiens du Saint-Bernard.

Du reste, la patrouille n'est pas sourde à la voix de son chef, et presque toujours elle lui conseille de sortir le plus tôt possible du trou fatal et malpropre où il a été se fourvoyer.

Puis, quand il s'agit d'arrêter un ivrogne tapageur, c'est encore au caporal qu'échoit l'honneur de recevoir les premiers coups de poing, — et les derniers aussi.

Nous ne parlons pas des arrestations de voleurs, parce que, de mémoire d'homme, de volés et de patrouilles, jamais une patrouille de garde nationale n'a arrêté un voleur, attendu que ces industriels, à moins d'être sourds comme des pots, entendent l'arrivée d'une patrouille citoyenne d'un bout de la rue de Ri-

chélieu à l'autre bout. — Sur les quatre guerriers qui composent d'ordinaire cette réunion, l'un chante le *Postillon de Lonjumeau*, l'autre crie qu'il va revoir sa *Normandie*, le troisième profère des malédictions contre les ruisseaux, et le quatrième éternue comme *la Jeunesse* du *Barbier de Séville.* — Il faut être juste : quelquefois le caporal garde le silence, à moins qu'il ne crie comme un sourd pour faire taire ses quatre soldats.

Avec un système pareil, il faut que les voleurs qui sont occupés à travailler aient un motif tout particulier pour se faire arrêter, s'ils consentent à se laisser prendre par les patrouilles.

Quand les gardes nationaux patrouillent dans leur quartier, c'est encore bien pis : ils s'arrêtent à chaque instant sous les fenêtres de leurs amis, pour crier, par exemple : — « Ohé ! Palempin, ohé ! Palempin, dors-tu ? » Palempin, réveillé en sursaut, vient mettre le nez à la fenêtre, et s'imagine que le feu est chez lui ! — Puis il se met à demander ce qu'on lui veut ?

La patrouille se met à recrier de plus belle que c'est elle au contraire qui demande à savoir l'heure qu'il est.

Palempin, furieux d'avoir été réveillé à deux heures du matin, pour répondre à une question pareille, ferme sa fenêtre en criant : « Le diable vous emporte ! »

Et la patrouille reprend sa marche en criant :

— « Bonne nuit, Palempin! fallait dire que tu dormais, on ne t'aurait pas dérangé! Bien des choses à ton épouse, Palempin! » Cette plaisanterie est renouvelée de M. Romieu, aujourd'hui préfet de la Dordogne, mais elle n'en est pas moins pratiquée toujours avec le plus grand succès et le plus grand charme!

Hélas! quelquefois la patrouille procure une émotion bien plus terrible à son malheureux chef! — Pour être caporal on n'en est pas moins qu'un homme; — quand on est homme, on se marie, et quand on est mari, très-souvent on est... jaloux.

Or, on a vu des caporaux profiter de leur autorité pour changer un peu l'itinéraire de leur patrouille afin d'aller jeter un coup d'œil sur la fenêtre de leur chambre conjugale, — et il est certaines ombres chinoises qui, aperçues à une heure du matin, sont bien capables de faire dresser les cheveux sur la tête d'un caporal de voltigeurs, — que dis-je, les cheveux, c'est capable de faire dresser d'horreur le bonnet d'ourson lui-même.

A cette vue terrible, plus d'un caporal a senti faiblir son courage et ses jambes, et s'évanouissant dans les huit bras de ses quatre hommes, on le transporte au poste, à l'instar de feu M. de Malbrouck.

LE SERGENT-MAJOR.

En vérité, je ne sais comment il se peut faire que l'on trouve dans chaque bataillon de la garde nationale un homme de bonne volonté pour remplir les fonctions aussi ennuyeuses que gratuites de sergent-major.

Il faut que l'amour du bien public ou l'horreur de la patrouille soient portés à un bien haut degré chez certains citoyens jouissant du reste de toutes leurs facultés, pour qu'ils consentent à se laisser mettre sur les bras les galons et les ennuis du sergent-majorat.

Car, il n'y a pas à dire, le sergent-major, moins heureux en cela que le caporal, est occupé pendant toute l'année, et il ne peut même pas se consoler en se mirant dans son costume de sous-officier, — il ne le porte tout au plus qu'une fois par an, le jour des grandes revues; or, quand soixante mille autres personnes sont en uniforme, on ne produit individuellement que fort peu d'effet sur l'asphalte du boulevard et sur le cœur du beau sexe.

On peut donc expliquer plus facilement le dévouement du sergent-major en l'attribuant à l'horreur de l'uniforme et des buffleteries. — Semblable en cela aux figurants de théâtre, le sergent-major chante continuellement à ses frères d'armes, *en avant marchons, en avant patrouillons!* — mais le gaillard ne bouge pas et pendant que les autres marchent et patrouillent, il se chauffe bien tranquillement les mollets au coin de son feu. Ah ! que du reste il achète cher le droit de se chauffer ainsi les mollets! — Vrai! monsieur, j'aimerais mieux les conserver glacés pendant toute ma vie que de me les dégeler à ce prix.

Après les sonnettes des gens qui possèdent une foule de créanciers, il n'en est pas qui carillonnent plus souvent que les sonnettes des sergents-majors.

Comme il est admis depuis un temps immémorial que, pour avoir un poste de dix-sept hommes ; il faut commander quatre-vingt-cinq gardes nationaux, le sergent-major s'y prend en conséquence toutes les fois qu'il adresse ses ordres de service, et par suite, chaque ordre de service lui vaut soixante-huit visites des réclamants qui trouvent toujours une foule d'excellentes raisons pour ne pas payer leur dette aux guérites de la patrie.

Le sergent-major a beau chercher à se cloîtrer, les visiteurs corrompent le portier à l'aide d'une pièce de quinze sous, — même quelques-uns ne font pas cette dépense folle et franchissent le cerbère à l'instar du cerf Coco dans un de ses plus périlleux exercices. — Puis ils se mettent tellement à tirailler l'infortuné cordon de sonnette, que, pour conserver ce cordon et le tympan de ses oreilles, le sergent-major finit par ouvrir sa porte, — sauf à fermer son cœur à toute espèce de pitié pour le solliciteur tapageur.

N'importe à quelle heure du jour le sergent-major rentre dans son domicile, il trouve toujours dans son antichambre une douzaine d'individus apportant des raisons excellentes et des bottes très-crottées.

Quand l'infortuné sergent-major est propriétaire légitime d'une jolie femme, ces visiteurs continuels ne laissent pas que d'être fort insupportables, car un jeune chasseur a toujours des prétextes pour venir chez son sergent-major! — et quand on songe aux conséquences qui peuvent résulter de ces visites, c'est à faire dresser les cheveux sur la tête!

Lorsque le sergent-major est épicier non marié, ou n'ayant qu'une femme très-laide, il éprouve le désagrément de croire à chaque instant que les personnages qui entrent dans la boutique viennent demander de la cassonade, ou autre denrée coloniale, tandis qu'ils viennent tout simplement demander à ne pas monter leur garde!

Voilà pour la partie des visites personnelles; quant à la partie des missives à domicile, elle n'a pas moins de charme. — Le facteur apporte à chaque distribution cinq ou six petits billets timbrés à quinze centimes, et renfermant au moins pour quinze francs de malédictions plus ou moins anonymes. — Exemple :

« Gueux de sergent-major, tu ne périras que de ma main. » — Ou « brigand de sergent-major, tu m'as fait dépister par tes tambours, mais je ne mourrai pas sans avoir mangé ton cœur, » etc., etc.

Quelquefois pourtant les correspondances sont moins impolies, mais elles n'en sont pas moins insupportables.—Exemple : Un voltigeur, fourreur de son état, est parti pour Astrakan en demandant à son sergent-major un congé de trois mois; puis notre fourreur, très-bien élevé, éprouve le besoin de prendre la plume à Astrakan pour demander pardon à son sergent-major s'il n'arrivera à Paris que trois jours après l'époque primitivement fixée.—De plus il présente *ses hommages respectueux*, mais non affranchis, de sorte qu'ils coûtent quatre francs de port à l'infortuné sergent-major, qui ne se doutait pas avoir un correspondant à Astrakan.

Décidément j'affectionnerais peu l'emploi de confiance de sergent-major, — et vous?

C'est-à-dire que j'aimerais encore mieux être voltigeur, et faire chaque semaine une faction à la grille des Tuileries, — poste dangereux, vu les discussions que l'on a avec les caniches.

LE CAPITAINE.

Voici le capitaine, portez arme !..... présentez arme !....; ne manquez pas de rendre à ce fonctionnaire tous les honneurs dus à son rang.

Pour tout bon garde national, le capitaine doit être l'image de la divinité sur la terre ; c'est un dieu orné d'une paire d'épaulettes en argent ; c'est Mars en personne avec un habit plus décent.

Procédons par ordre.

Nous avons d'abord le capitaine de grenadiers, homme magnifique, ayant, depuis la plante des pieds jusqu'à l'extrémité du bonnet à poil, une hauteur de sept pieds au-dessus du niveau... d ruisseau.

Puis, le capitaine de chasseurs, image parfaite du juste-milieu, ni trop beau, ni trop laid, mais se permettant de temps en temps des cols de chemise et des gants de filoselle.

Enfin, le capitaine de voltigeurs, autre ourson

qui cherche à s'élever à la hauteur du capitaine de grenadiers; mais qui, malgré ses talons de bottes de six pouces d'épaisseur, ne produit nullement d'effet sur le cœur du beau sexe. Du reste, si le capitaine de voltigeurs n'est pas grand, en revanche il est très-gros; et il a l'agrément de commander à des hommes qui sont presque tous encore plus laids que lui, car il est à remarquer que les voltigeurs sont tous laids en général et horribles en particulier. La nuance jaune qu'ils affectionnent, contribue à rehausser leur mauvaise mine, quoiqu'au dire d'Alcide Tousez, elle leur donne continuellement un air serein.

Nous regrettons vivement de ne pas posséder dans notre collection de vignettes le portrait d'un capitaine de voltigeurs en petite tenue. Nous avions cependant fait dessiner ce phénomène par un de nos premiers artistes; mais, ayant envoyé le dessin à Londres pour le faire graver sur bois, l'artiste anglais a commis une erreur, assez excusable du reste, et a livré son travail à un éditeur d'Edimbourg qui a publié le malheureux capitaine parisien dans un magasin pittoresque d'histoire naturelle, en le rangeant dans la famille des *mammifères antédiluviens.*

Nous voulions aussi offrir à nos souscripteurs le portrait fidèle de ce même capitaine en petite tenue bourgeoise, et pris au moment où cet homme gros, gras et accablé par la chaleur, se rend à l'école de natation de Deligny, après avoir eu la précaution de s'informer s'il n'y a pas d'écrevisses au fond de la Seine.

S'il existe une foule de différences physiques entre les capitaines de la garde nationale, il y a encore un bien plus grand nombre de différences morales.

Malheur à vous si vous tombez dans la compagnie du capitaine dit *dur à cuir*, qui prétend mener ses soldats à l'instar des tourlouroux. Cet officier, éminemment martial, est toujours à cheval sur la discipline, et il consacre tous les loisirs que lui laisse son commerce de drap, de flanelle ou de caoutchouc, à étudier les commentaires de César, l'histoire des guerres de l'empire et tous les auteurs qui ont écrit des dissertations et des variations sur la charge en douze temps. Ce capitaine pur-sang aimerait mieux être obligé de se mettre en faillite que d'être obligé de couper ses moustaches. A l'instar du capitaine Truguet, du *Conseil de Discipline*, il refuserait pour gendre un homme qui aurait manqué une seule garde. Si ce garde national récalcitrant était son propre fils, il le considérerait comme une grosse tache dans sa famille, et nouveau Brutus, le condamnerait sans sourciller à quarante-huit heures de prison, en déclamant ces vers de la *Mort de César :*

Penses-tu qu'un instant ma vertu démentie
Mette dans la balance un homme et la patrie?

En opposition avec le capitaine féroce, on possède le capitaine mouton, qui est toujours d'une politesse excessive et qui ne donnerait pas un démenti à un hanneton. Cet officier, excessivement bon enfant, veut être bien avec toute sa compagnie, et il n'arrive jamais au corps-de-garde sans distribuer des poignées de main à tout le monde indistinctement, jusques et y compris le tambour. Il tient beaucoup plus à ses épaulettes qu'à la discipline, et pour être toujours conservé dans son grade à l'unanimité des voix, il n'est sorte de politesses et de cigares qu'il ne dépense toutes les fois qu'il est de service. Du reste c'est surtout dans les compagnies de chasseurs que l'on rencontre le capitaine bon enfant, et c'est aux chasseurs indisciplinés que le chef dit souvent avec une voix en mi-bémol : « Messieurs, pour la septième et dernière fois, je vous en prie, ayez l'extrême complaisance, s'il vous plaît, de... porter armes. »

Cette politesse porte ses fruits, et il est bien rare qu'au neuvième ou dixième commandement les chasseurs ne se décident pas à se rendre plus ou moins au vœu de leur capitaine.

Il est une remarque générale qui s'applique à tous les capitaines de la garde nationale ; c'est qu'ils affectionnent beaucoup les modifications dans l'uniforme, toutes les fois qu'ils sont marchands de draps, plumassiers, fourreurs, chapeliers ou fabricants de boutons de guêtre ; alors le capitaine et le plumassier s'entendent parfaitement, et l'ordre du jour de l'officier fait alliance avec la circulaire du marchand; c'est ainsi que s'expliquent les ornements étrangers qui apparaissent dans l'équipement de bon nombre de compagnies. Pour être capitaine, on n'en est pas moins plumassier !

Par exemple, il est des capitaines auxquels on ne peut pas adresser le reproche de changer trop souvent d'uniformes : ce sont ceux qui commandent les compagnies de la banlieue. Ces

fonctionnaires ont en revanche le défaut d'affectionner beaucoup les comptoirs des marchands de vins. C'est ce qui fait qu'à toutes les grandes revues, la banlieue se distingue toujours par ses acclamations. Rien ne pousse à l'ivresse de l'enthousiasme comme deux douzaines de verres de vin.

Quant au capitaine d'état-major, c'est le phénix des hôtes de la place du Carrousel. Toujours frisé, ciré, brossé, pommadé et corseté, le capi-

taine d'état-major est la coqueluche de mesdames les colonelles et lieutenantes-colonelles des quatorze légions du département de la Seine. Pour être nommé capitaine d'état-major, il faut savoir monter à cheval, chanter des romances, toucher du piano ou au moins jouer un peu d'accordéon; il va sans dire qu'après six mois de service on reçoit la croix d'honneur.

Somme toute, les épaulettes de capitaine procurent à un homme une position fort agréable dans la société, car le titulaire de cet emploi est envié par ses voisins, admiré par sa femme et vénéré par ses tambours. Durant sa vie il se voit porter les armes par les factionnaires; après sa mort il est salué par les coups de feu de toute sa compagnie.

Quel riant avenir!

L'OFFICIER SUPÉRIEUR.

Général de la garde nationale! — voilà un titre qui a causé bien-des insomnies à une foule de braves gens qui, se sentant épris d'une vocation militaire bien prononcée vers l'âge de cinquante ans, après avoir débité pendant toute leur belle jeunesse des marchandises de diverses natures, européennes et coloniales, sont parvenus à échanger leur *aune*, ou leur *mètre*, contre un sabre de capitaine, puis contre une épée d'officier supérieur.

Être général de la garde nationale, mais c'est presque être maréchal de France, — bien plus, lors de toutes les cérémonies publiques, on a le pas sur ces maréchaux eux-mêmes, — dans les chefs-lieux de préfecture qui d'ordinaire ne servent pas de résidence aux maréchaux.

Mais par malheur, ou plutôt par bonheur, tous ces rêves de grosses épaulettes ne sont que de très-simples rêves, attendu que les généraux sont nommés par le gouvernement, et ne sont pas laissés au choix des vulgaires gardes nationaux. — On a craint, et avec raison, que ce grade magnifique ne donnât lieu à des élections trop bruyantes, vu la foule des compétiteurs. — Il est si agréable de voir son arrivée saluée par tous les tambours et toute la musique !

L'officier supérieur tient de Dieu, en ce qu'il ne se livre que rarement à l'admiration des mortels; il n'apparaît avec son costume resplendissant que les jours de grandes fêtes carillonnées, et célébrées par des revues, — le divertissement de rigueur qui divertit uniquement les gamins de Paris, et mesdames les vivandières qui font des affaires d'or avec les petits gâteaux, dits de Nanterre, nous ne savons pas pourquoi, car on n'en fait pas à Nanterre, et on en mange encore moins.

Les colonels et les généraux de la garde nationale se recrutent dans deux classes bien distinctes : d'abord beaucoup parmi les notabilités électorales, puis ensuite un peu parmi les notabilités militaires en retraite.

Quand par hasard on tombe sur un vieux soldat pas trop dur à cuir, pas trop à cheval sur une discipline exagérée et ridicule, tout va pour le mieux du monde, — les commandements se font bien et s'exécutent..... pas trop mal.

Mais quand le chef suprême a endossé son uniforme sans avoir même été simple caporal dans une compagnie de chasseurs, les jours où il faut faire exécuter quelques petits manie ments d'armes, il y a du tirage. — Cependant le général improvisé parvient encore à s'en tirer, à l'aide de la petite rubrique suivante qui s'emploie toujours avec le plus grand succès.

Le général, au lieu de commander à haute voix, ce qui le gênerait beaucoup, a l'air de transmettre ses ordres aux colonels; ceux-ci, qui se prêtent à la circonstance, viennent prêter l'oreille, et comprennent même moins qu'à mi-voix. — Le général remue un peu les lèvres, — s'il tient à produire plus d'effet, il remue aussi un peu le bras droit, quelquefois même les deux bras à la fois, et les commandements sont donnés!

Quand c'est le colonel qui n'est pas ferré sur la manœuvre, il emploie la même recette avec ses chefs de bataillon, et toujours avec le même succès.

Par exemple, il est une chose dont tous les généraux, colonels, maires ou préfets s'acquittent à merveille, je veux parler du compliment de rigueur adressé à la garde nationale de n'importe quel chef-lieu de canton, toutes les fois que cette garde nationale est passée en revue à l'occasion de n'importe quoi. — La phrase de rigueur est celle-ci : « *Messieurs, votre te-*

nue est magnifique, et peut rivaliser avec celle des troupes de ligne. »

C'est bien flatteur pour la garde nationale, mais c'est bien triste pour la troupe de ligne!

Quand la revue a été passée par un personnage important, qui, par sa position sociale, est obligé de faire des tournées départementales, et, par conséquent, d'assister à un grand nombre de revues, la fameuse phrase citée plus haut est modifiée de la manière suivante: — « Messieurs, j'ai déjà vu un grand nombre de légions (ou de bataillons) ; mais jamais je n'en ai rencontré d'aussi belles (ou aussi beaux) que celles (ou ceux) que je vois en ce moment. »

Dix lieues plus loin, le même compliment est offert et accepté avec le même agrément, et ainsi de suite pendant tout le voyage.

Si messieurs les gardes nationaux ne sont pas contents, c'est qu'ils ont le caractère bien mal fait; car il est impossible d'être plus poli, — et les derniers inspectés doivent surtout être dans le ravissement, puisque décidément la tenue de leur bataillon enfonce, par ordre de compliment, la tenue de tous les autres bataillons de la province.

A Paris, outre tous les agréments du plumet ou panache tricolore, les officiers supérieurs de l'état-major ont l'agrément bien plus grand encore, les jours où ils sont de service pour inspecter les postes, de trotter dans les rues et sur les boulevards, en se faisant suivre d'un magnifique garde municipal à cheval.

Voilà qui pose un homme dans la société. —

Aussi ces places sont-elles vivement recherchées, surtout par le corps non-militaire des agents-de-change.

Une femme qui, de sa fenêtre, voit caracoler à son intention un officier d'état-major à panache de coq et suivi d'un magnifique garde municipal qui se voit aussi forcé de caracoler à son intention, doit éprouver des sensations totalement inédites au reste des femmes.

Si, malgré cette vue enivrante et fascinante, son cœur reste froid, c'est que décidément ce cœur a la température des pièces du *Gymnase*, — un grand nombre de degrés au-dessous de zéro.

Le Garde à Cheval.

Rien qu'en l'entrevoyant, on ne peut s'empêcher de s'écrier : Oh ! oh ! oh ! qu'il est donc beau, — non pas le postillon de Lonjumeau, — mais l'être à moustache et à éperons, connu dans les environs de la place du Carrousel sous le nom de garde national à cheval ! — Si Alexandre-le-Grand, Gengis-Kan, Tamerlan et autres conquérants, existaient encore, ils seraient dévorés de chagrin et d'envie en se voyant si petits garçons auprès du traîneur de sabre en question.

Le garde national à cheval est une curiosité que Paris seul possède dans ses murs.

Dans les autres villes on a bien essayé de créer une garde nationale à cheval, mais la réunion de l'homme et du cheval a toujours été impossible. Ces deux qualités, indispensables pour créer le guerrier citoyen à *Schapska*, sont très-rares en France. Il est des pays qui fournissent pour contingent des hommes mais pas de chevaux; d'autres chefs-lieux de préfecture possèdent des chevaux mais pas d'hommes. Paris seul est parvenu à monter treize cents cavaliers..... avec cent cinquante chevaux de manége!

Le garde national à cheval exerce une mission toute de confiance, il n'est pas placé comme le vulgaire des hommes auprès du vulgaire des guérites; c'est à lui seul qu'est réservé l'honneur d'embellir la place du Carrousel en se tenant, le sabre nu, au pied de l'Arc-de-Triomphe, comme pendant d'un hussard, chasseur ou lancier. La consigne consiste à ne pas descendre de cheval pour jouer au bouchon avec son vis-à-vis.

Le garde à cheval comprend si bien l'importance de ses fonctions, que lorsqu'il rentre au corps de garde il a toute la fierté d'un héros qui vient de faire une périlleuse campagne, et, plaçant à ses côtés le schapska qui lui a fendu le front à défaut d'un coup de sabre, il se cambre fièrement et se livre à l'admiration des marchandes de gâteaux de Nanterre qui stationnent sous le guichet du Carrousel.

Les jours de grande revue sur les boulevards, dans ces jours solennels où les généraux et les marchands de coco mettent leur plus beau chapeau, la garde nationale se lève en masse pour venir parader devant les quatre cent mille femmes qui composent le beau sexe de la capitale. Il n'y a plus assez de chevaux dans les manéges, et on affuble d'une chabraque jusqu'aux petits chevaux savants de Franconi! Ce qui fait que, lorsque la musique s'avise de jouer un morceau du programme habituel du Cirque-

Olympique, le cheval savant se met à valser où à danser la cachucha au grand déplaisir de son infortuné cavalier.

La garde nationale à cheval ne se distingue pas seulement par ses plumets rouges, elle se distingue encore par un langage tout particulier; nous citerons, entre autres expressions, celle de *Marchi*.

Mais vous m'arrêtez tout court pour me demander ce que c'est qu'un *Marchi*. — Je vais obtempérer à cette légitime curiosité, qui me prouve, du reste, que la nature ne vous a pas fait naître dans le sein de la garde nationale à cheval.

La langue française, cette belle langue de M. de Buffon, de Bossuet et de M. Soult, emploie une foule d'ellipses fort agréables, et le nom de *Marchi* est une de ces ellipses les plus remarquables. Suivant les règles de la grammaire des trompettes civiques, on écrit *maréchal des logis chef* et on prononce *Marchi!* — Voilà! — N'est-ce pas que le français est un des plus beaux idiomes de l'Europe? Cependant il faut avouer que l'anglais a bien aussi son charme, car chez ce peuple qui a inventé le gouvernement représentatif et le rosbif aux pommes de terre, il existe des mots dont l'orthographe consomme les vingt-quatre lettres de l'alphabet; puis, lorsqu'il s'agit de prononcer ces mots gigantesques, on se contente de faire entendre un petit sifflement, et quelquefois même on ne prononce rien du tout. C'est même la meilleure prononciation.

Ainsi donc vous voilà parfaitement instruits maintenant. Vous savez que le *Marchi* est le maréchal des logis de la garde nationale à cheval. — M. Jourdain, le brave bourgeois gentilhomme qui s'extasiait tant lorsque son maître, de philosophie lui montrait la manière dont on prononce A, E, I, O, U, serait tombé en syncope d'admiration si son professeur lui eût montré comme quoi, en écrivant *maréchal des logis chef de la garde nationale à cheval*, on doit forcément prononcer *Marchi!*

Lors des jours de revue, la plus grande occupation du Marchi consiste à empêcher les zélés paradeurs d'imiter *les fils Aymon*, c'est-à-dire de grimper au nombre de quatre ou cinq sur le même cheval.

C'est au Marchi que doivent s'adresser les gardes qui ont des réclamations à faire pour leurs ordres de service, et le Marchi ne donne jamais audience sans avoir auprès de lui son grand sabre. Cela contribue à lui donner un air tranchant.

Malgré ses grandes moustaches et son grand sabre, le garde à cheval est en général foncièrement bon garçon ; malgré ses dignités et ses galons argentés, comme il n'est pas fier, il daigne frayer de temps en temps avec le vulgaire des gardes nationaux, fût-ce même de simples chasseurs en petite tenue !

Mais, hélas ! en compensation de ses avantages extérieurs, le ciel a voulu que le *Marchi*, fût assailli constamment de réclamations et de sollicitations, tout comme un simple sergent-major !

L'ARTILLEUR.

Félicitez-vous de ne pas habiter Paris si vous avez la bosse du canon, car vous ne pourriez pas satisfaire votre passion en vous enrôlant dans le corps des artilleurs citoyens, attendu que tous les membres de ce corps ont été cassés en 1832! — Le canon fut regardé comme un joujou trop bruyant et surtout trop dangereux pour être laissé entre les mains de personnes connaissant la manière de s'en servir.

Aujourd'hui, l'artillerie de la garde nationale est seulement tolérée dans quelques chefs-lieux de préfecture, et encore à condition que ces artilleurs, dans lesquels on a la plus grande confiance du reste, n'auront pas de canons à leur disposition.

Ce sont des canonniers à la façon des évêques nommés à des résidences situées au beau milieu de l'Afrique ou autres lieux totalement inaccessibles, surtout pour les titulaires. — Ce sont des *canonniers in partibus.*

A vrai dire il n'existe plus de véritables canonniers que les jeunes gens de sept ans et au-dessus, costumés en artilleurs pour récompense de leur force sur la grammaire française, — ou en témoignage de la satisfaction que ces mêmes parents avaient éprouvée en voyant qu'ils avaient su mettre un frein à la passion qui les portait sans cesse à se moucher sur leur manche.

Ce goût des enfants pour l'uniforme d'artilleur de la garde nationale remonte à l'année 1830. — Quelques canonniers parisiens, trop bons pères de famille, n'allaient jamais à l'exercice sans leurs enfants ; ce touchant tableau de famille aurait bien suffi pour toucher les ennemis les plus féroces, même un Cosaque à cœur de Bédouin.

Les artilleurs de province, assez favorisés par le ciel et par leur préfet pour ne pas être totalement désorganisés, ont la satisfaction de tirer une salve de vingt-un coups de canon à tout le moins une fois l'an,— ce n'est pas à Pâques, —

c'est le jour de la fête du roi ! Il n'est pas rare même que cet exercice de politesse ne donne lieu à pas mal d'accidents : — tantôt ce son

des canonniers trop dynastiques et trop polis qui, voulant saluer l'aurore de ce beau jour avec un bruit de première qualité, fourrent une triple charge dans le canon, — et ce canon, qui est ordinairement fort âgé mais en très-mauvais état, éclate comme une marmite autoclave. Une autre fois c'est un imprudent Servant qui oublie de retirer le refouloir, et ledit refouloir, partant avec une vitesse de trois lieues à la minute, va crever à monsieur le sous-préfet un œil et tous ses alentours!

Cet accident est fort désagréable pour le canonnier imprudent,—et aussi pour le fonctionnaire public qui se trouve désormais le sous-préfet le plus détérioré des quatre-vingt-six départements. Sauf ces petits désagréments, l'artillerie de la garde nationale est de la plus grande utilité.

LE RURAL.

Buffon a considérablement perdu de n'être pas venu à notre époque, d'abord parce qu'il vivrait encore, ce qui n'est pas un médiocre agrément, en second lieu parce qu'il aurait pu ajouter à son illustre ouvrage l'histoire naturelle du garde national rural, ce qui eût été pour cet auteur le plus grand des avantages.

Tout le monde s'accorde à reconnaître que le rural est très-laid et encore plus oiseux. Il n'existe qu'une seule classe au monde qui fasse des vœux plus ardents pour que le gouvernement conserve toujours l'organisation de la garde champêtre : cette classe est celle des voltigeurs de la garde nationale parisienne. Le voltigeur doit au rural l'agrément de n'être pas le personnage le plus grotesque de tout le royaume de France et d'Alger, les Bédouins y compris.

Règle générale. L'uniforme du rural se compose d'un habit nuance bleu de ciel, et dont les pans ne dépassent pas la hauteur de la giberne, d'un pantalon de drap gris de fer pour la grande tenue d'hiver, d'un pantalon de nankin pour la grande tenue d'été, et d'un schako constamment veuf de son pompon. Comme accessoire de cet uniforme martial, le rural affectionne les immenses cols de chemise qui guillotinent les oreilles, et les buffleteries d'une entière jauneur. Enfin le rural, tant pour remédier à la largeur de son schako que pour garantir sa nuque des coups de sabre, ou ce qui est plus dangereux pour lui des coups de soleil, ne manque jamais de ceindre sa tête du couvre-chef qui fut connu des anciens sous le nom de bonnet phrygien, mais qui est nommé par les modernes casque à mèche ou bonnet de coton. Le rural a cela de commun avec le rédacteur du feuilleton du *Journal des Débats*, qui est ami intime du bonnet de coton; seulement le guerrier champêtre aime le bonnet de coton bleu, tandis que M. Jules Janin adore le bonnet de coton blanc.

Dans les premiers temps de la révolution de juillet, le rural avait adopté un uniforme qui cadrait parfaitement avec le bonnet à la Jules Janin, c'était la blouse bleue, dite Gauloise, parce qu'elle fut portée anciennement par les Romains. Mais la blouse a été bien vite méprisée par le fier rural, qui n'a pu combattre le désir de se revêtir du martial uniforme que vous connaissez. Les désirs d'uniforme, du reste, ne sont pas la seule chose que le rural n'ait jamais su combattre.

Après le vin blanc à douze sous le litre, les haricots à l'étouffée et le cervelas à l'ail, il n'est rien au monde que le rural affectionne davantage que les grrrandes revues; c'est ce qui fait que le rural saisit avec empressement l'occasion de prendre les armes une fois par an pour célébrer le beau jour de la fête du monarque avec toute la solennité possible, dont suit le détail. Monsieur le maire de la commune, entouré de son écharpe et de son adjoint, passe la revue des cinquante hommes de sa légion ; les cinquante hommes se mettent en bataille sur la principale place publique du village ; —

mais comme la ligne n'a qu'un homme de profondeur, il en résulte que monsieur le maire ne peut pas passer entre les rangs. En revanche, il passe deux fois devant le front de bataille, pendant que le tambour bat aux champs et que le fifre se livre à des notes totalement inédites, qui électrisent les nerfs de tous les caniches d'alentour. L'inspection terminée, M. le maire grimpe sur un banc, toujours accompagné de son adjoint, et les troupes défilent devant les autorités, les armes et le pas à volonté.

Monsieur le maire est content.

Le rural de la banlieue parisienne goûte l'avantage d'être passé en revue sur les boulevards ou au Champ-de-Mars. Il est vrai qu'il achète cet honneur au prix d'une promenade de six à huit lieues; mais les marchands de vin ne s'en plaignent pas.

Ces jours-là il ne se met jamais en route

sans des provisions de bouche, lesquelles consistent en un pain piqué sur la baïonnette du

fusil citoyen. Le défilé des banlieues, surtout après libations, est un des plaisirs les plus savoureux du gamin de Paris. Je connais même sur ce point bon nombre de grands garçons qui sont gamins, — sur ce point.

Il est encore un autre très-grand bonheur spécialement réservé à tous les villageois des environs de Paris, c'est de fournir pendant l'été des hommes de garde au château de Neuilly : et ce n'est pas un petit agrément pour un capitaine rural que de pouvoir lire dans tous les journaux en tête des *faits Paris* : — « Aujourd'hui, la garde nationale de Pantin a relevé au château de Neuilly la garde nationale de Clichy-la-Garenne.

Les ruraux sont plus fiers d'être Français en lisant cela que s'ils regardaient la colonne. Voilà des émotions bien capables d'abréger la vie d'un homme, et pourtant presque tous les capitaines ruraux meurent centenaires ; — c'est qu'ils y mettent de l'obstination.

Il est encore une époque du calendrier où la garde nationale champêtre fournit un poste à la mairie du village, c'est le jour de la fête patronale de ce même village. — Or, voici ce qui se passe invariablement lors de toutes ces cérémonies et surtout aux environs de Paris.

Si un monsieur de la ville, un faquin de la capitale, c'est-à-dire un danseur ayant un habit marron et des gants de filoselle, s'avise de danser deux fois avec la même jeune villageoise, l'amoureux de la susdite lui applique sur le nez une pichepette capable d'assommer un bœuf. — L'infortuné danseur cherche à se défendre, mais à l'instant, quatre ou cinq vertueux villageois viennent au secours du vainqueur et se mettent à taper sur le faquin qui se permet d'avoir des manières aimables et des gants de filoselle?

Le garde-champêtre, voyant le tumulte, court chercher la garde nationale, qui est occupée à vider pas mal de bouteilles au poste de la mairie; quatre guerriers ruraux, commandés par un caporal non moins rural, arrivent sur le champ de bataille, et, comme cette patrouille tient à remplir ses devoirs de protection, elle se met immédiatement à prêter main forte aux cinq villageois, et les dix hommes, y compris le caporal, distribuent au porteur de gants de filoselle une grêle de coups de poings et un déluge de coups de pieds.

Quand les vingt bras et les vingt pieds sont fatigués de la gymnastique en question, le caporal emmène, au milieu de ses quatre hommes, le pauvre diable de Parisien qui est fourré en prison jusqu'au lendemain matin, sous prétexte d'avoir voulu humilier tout le village par le luxe effréné de ses gants en filoselle.

O mœurs des champs! que vous êtes belles dans monsieur Florian.

Voilà, à peu de chose près, ce que Buffon aurait eu à dire du garde national rural. Je dédie ce supplément aux mânes du grand naturaliste. Du haut du ciel, ta demeure dernière, mon cher Buffon, tu dois être content!

Si vous avez une belle voix, vous pouvez chanter cette dernière phrase. (Air de *Michel et Christine.*)

Le Réfractaire.

Déplorable aberration de l'esprit humain! On ne croirait jamais qu'il existe à Paris cinq à six mille individus qui ont le goût assez dépravé pour ne pas apprécier tous les plaisirs du corps-de-garde, tous les charmes de la faction, toutes les voluptés de la patrouille! Hélas! rien n'est plus vrai pourtant, et voici qu'après avoir passé en revue tous les corps différents qui concourent à l'ensemble si imposant de la garde nationale, nous sommes obligés de clôturer notre série par le *Réfractaire.* — On formerait une légion magnifique rien qu'avec les réfractaires parisiens. — Il est vrai que ce n'est qu'à Paris seulement que le bourgeois rétif à la conscription garde-nationalesque peut espérer se soustraire aux poursuites perpétuelles du sergent-major et du tambour, ces deux limiers infatigables chargés de dépister continuellement les fuyards. — En province, tous les habitants d'une petite ville se connaissent, et le bataillon de l'endroit ne peut jamais, comme ceux du colonel Tartenson, s'offrir à l'inspection de M. le maire avec un grand nombre de manquants.

C'est inouï ce qu'un réfractaire dépense de ruses, d'esprit, de courses de cabriolet et de frais de déménagements pour échapper au billet de garde, surtout les jeunes élégants, les héros de la fashion parisienne qui seraient désolés d'échanger, même pour vingt-quatre heures, leur paletot noisette, coupé par les ciseaux artistes de *Humann*, contre une redingote bleu de roi, à boutons blancs, et dont le modèle n'est nullement avoué par Humann!

— Il y a des réfractaires qui n'habitent que des hôtels garnis et qui déménagent régulièrement tous les quinze jours.

D'autres, au contraire, se sont retirés dans

le fin fond du Marais et vivent dans leur logement solitaire comme un rat dans un fromage de Hollande. —Ils ne se permettent de prendre l'air que les jours de grandes fêtes nationales, quand tous les agents de l'autorité sont occupés à forcer les badauds parisiens à se réjouir spontanément.

D'autres se risquent à vivre dans leurs meubles comme le reste des mortels et des bourgeois, en ayant soin de corrompre leur portière régulièrement tous les huit jours, à l'aide d'une pièce de quinze sous : c'est le tarif ordinaire pour acheter le silence de cette femme, qui alors vous est dévouée corps et âme jusqu'à concurrence de 75 centimes. — Par exemple, si le sergent-major venait à offrir la pièce de trente sous, je craindrais fort que la Talleyrand en jupons ne vendît votre secret et ne trahît votre retraite.

C'est ce qui fait que des réfractaires plus prudents et plus économes se contentent de placer sur leur porte une carte de visite où une plaque indiquant un nom et une profession qui déroutent totalement les tambours les plus soupçonneux. — Nous connaissons un vaudevilliste qui, depuis trois ans, vit parfaitement heureux et tranquille derrière l'abri d'une grande plaque en cuivre portant en grosses lettres : *madame Grosbois, sage-femme.* — Jamais le sergent-major n'a eu l'idée d'enrôler dans ses grenadiers madame Grosbois, sage-femme, qui a pourtant une taille de cinq pieds six pouces. — Il est vrai que notre personnage est bien dérangé de temps en temps, on vient le chercher en toute hâte pour prodiguer les secours de sa profession de sage-femme à quelque modiste du voisinage, mais il les adresse à une Matrone plus expérimentée.

Lorsque, malgré toutes ses ruses, le réfractaire est découvert et que le limier de l'ordre public le tient par le bout de l'oreille, il ne s'avoue pas encore vaincu.

Traduit devant le conseil de discipline, le réfractaire cherche à surprendre la religion de ses juges par une éloquence attendrissante.

— Jadis le garde national, enrôlé de force, ne se donnait pas tant de mal pour plaider sa cause; il ne prenait même pas la peine de venir jusque devant le tribunal imposant du conseil de discipline. — Il aimait bien mieux vexer le gouvernement et monter sa garde en s'affublant du plus ridicule costume de *bizet* qu'il pût imaginer.

Le Louvre n'était pas du tout flatté d'être gardé par un guerrier coiffé d'un vieux chapeau gris, vêtu d'une redingote café au lait, passée à la nuance chocolat, chaussé d'une paire de bottes dont il ne restait plus que les tiges, et pour comble de malheur, affublé d'un énorme col de chemise mis à un empois de colle forte, et d'une paire de lunettes vertes comme le père Cassandre avait seul le droit d'en porter à la comédie Italienne. — L'état-major de la garde nationale ayant vu que le bizet-factionnaire avait besoin d'être lui-même entouré de trois autres factionnaires pour l'empêcher d'être étouffé par la foule qui s'assemblait autour de lui, supprima totalement la légion des bizets.

Aujourd'hui le réfractaire est donc obligé de se réfugier dans les infirmités physiques et d'avoir recours aux différents moyens oratoires enseignés par M. de Crac et par le *Dictionnaire de Médecine.*

A chaque audience les membres du conseil de discipline voient venir à leur barre de gros gaillards dont les épaules et le ventre sont taillés sur le patron de Lablache ou de Lepeintre jeune, et qui refusent de monter leur garde sous prétexte qu'ils sont poitrinaires et qu'ils ont l'intention de mourir à la chute des feuilles.

Le conseil attendri se livre à une consultation médico-judiciaire et ordonne que le malade ira passer huit jours à la maison de santé nommée *hôtel des z'Haricots.*

D'autres arrivent à l'audience en se traînant à l'aide de béquilles et prétendent que de nombreux rhumatismes compliqués de cors aux pieds les empêchent d'être susceptibles de marcher avec la garde nationale. — Le conseil se retire dans la salle de délibération; pendant ce temps les boiteux, célébrant à l'avance leur victoire, se livrent à une *cachucha* de réjouissance, et le capitaine, qui rentre à l'improviste, les félicite sur leur prompte guérison.

D'autres enfin déclarent qu'il leur est impossible de faire une heure de faction auprès d'un monument ou d'une guérite quelconque, attendu que, dès leur enfance, ils sont en proie aux accès d'un mal qui revient périodiquement toutes les demi-heures.

Le conseil n'en déclare pas moins que le particulier aux borborygmes, malgré son infirmité, sera très-propre au service de la garde nationale.

Enfin nous n'en finirions pas si nous voulions énumérer tous les subterfuges employés chaque jour par les réfractaires, criminels, qui finissent tous par aller pourrir pendant vingt-quatre heures dans les cachots de l'ordre public, cachots situés au septième au-dessus de l'entresol, et que nous allons visiter dans le chapitre suivant.

LE PENSIONNAIRE DE L'HOTEL DES Z'HARICOTS.

Il existe à Paris un monument public bien peu connu par messieurs les voyageurs, quoiqu'ils passent devant sa porte toutes les fois qu'ils vont visiter le Jardin-des-Plantes et le palais des singes. — Nous voulons parler de la prison de la garde nationale, cette *ultima ratio* du sergent-major et du conseil de discipline.

Ainsi que la vertu, le crime trouve tôt ou tard sa récompense, et le réfractaire le plus intraitable finit toujours par être mis au régime employé par *Van-Amburg* et *Carter* pour mater le caractère des lions les plus volontaires, c'est-à-dire qu'on les condamne au système cellulaire et au système de la diète, — sauf qu'un demi-litre de haricots rouges remplace pour le garde national le demi-kilogramme de vieux cheval servi au lion trop rageur.

Il est reconnu depuis long-temps qu'un séjour plus ou moins prolongé dans des cachots quelconques, ne déshonore nullement le prisonnier si sa conscience n'est pas bourrelée de remords. — Lafayette, Sylvio Pellico, Galilée ont été chargés de fer; — or le prisonnier de l'hôtel des z'Haricots ne sent rien peser sur sa conscience, — je ne parle pas de son estomac s'il se contente de l'étouffant repas fourni par le gouvernement.

Le livre d'écrou des cachots du quai de Bercy est couvert des noms les plus célèbres dans les lettres et dans les arts. Il nous suffira de citer un cachot — toujours situé au quatrième étage, — qui porte inscrit sur ses murailles, en lettres non écrites avec du sang, les noms d'Alexandre Dumas, de Deveria, de Théophile Gauthier, de Roger de Beauvoir, d'Alphonse Karr et autres illustres réfractaires.

Le spirituel auteur des Guêpes a même marqué son passage à l'hôtel des z'Haricots par un bienfait qui fera bénir son nom par tous les prisonniers qui se succéderont d'âge en âge. — Il fait établir à ses frais, dans la cour de la prison, un *jeu de boule* qui charme les ennuis des prisonniers! — Cette pieuse fondation peut être mise sur la ligne des plus belles actions de *St-Vincent-de-Paule*, ou autres illustres philanthropes, et il est probable qu'un de ces jours, dans la suite des temps, le nom d'Alphonse Karr sera placé dans le *Martyrologe* des prisonniers, qui dans leurs litanies journalières s'écrieront! — *Sancte-Alphonsus Karr, ora pro nobis*!

Contrairement à toutes les traditions des romans et des mélodrames, le geôlier de l'*hôtel des z'Haricots* est un *Altintirkof* très-poli, — il vous dit avec un organe de ténor : — Donnez-vous la peine d'entrer !

Une fois en prison, généralement on a douze heures à dépenser par jour (car la nuit ne compte pas); or les prisonniers qui n'ont à dépenser que leurs douze heures sont assez à plaindre, au prix où sont le beurre, les bifteck et les fricassées de poulet sur la carte du restaurateur de l'hôtel des z'Haricots !

Mais, heureusement, presque tous les réfractaires de la garde nationale trouvent dans leur conscience et dans leur bourse, — dans la poésie et dans les bouteilles de Bordeaux, les moyens de tuer le temps d'une manière assez agréable.

C'est surtout dans les cachots de la garde nationale que l'on rend pleine et entière justice au mérite de la vigne, et que l'on bénit le nom de Noé qui a inventé le vin et la manière de s'en servir.

Le prisonnier boit à la santé de la liberté d'abord, puis il continue à boire à la santé de tant de personnes qu'il finit par porter même des toasts à la santé du sergent-major et du conseil de discipline !

La durée du temps de l'emprisonnement pour tout délit garde-nationalesque varie généralement entre vingt-quatre heures et huit jours ; — mais les limiers du conseil de discipline mettent beaucoup de diplomatie dans l'exécution des arrêts, surtout vis-à-vis des réfractaires qui sont arrivés au total de huit ou même de quinze jours de prison, par suite de huit ou dix manquements de services, punis par autant de jugements successifs.

Le futur prisonnier ne se voit notifier qu'un mandat d'arrêt de vingt-quatre heures, et alors il ne manque pas de se dire : — « Un jour de prison, je n'ai que cela, ma foi je vais le faire bien vite, pour en être débarrassé ! »

Après ce monologue consolant, notre homme

fourre son bonnet de coton dans sa poche (s'il professe de l'estime pour ce genre de couvre-chef), et il se met immédiatement en route pour le quai de Bercy, après avoir dit à son portier :

—*Je reviendrai demain soir* !

Ah ! oui, mais l'infortuné avait compté sans son sergent-major, —le lendemain soir se passe et le prisonnier ne revient pas !

Au moment où les vingt-quatre heures viennent de voir expirer leur dernière minute, notre homme, tirant joyeusement sa montre de son gousset, vient prier le portier-geôlier de tirer le cordon, en ajoutant le *s'il vous plaît* de rigueur.

Mais, hélas ! catastrophe imprévue ! au lieu du cordon demandé, le geôlier tire de sa poche un nouveau jugement qui condamne monsieur à deux nouveaux jours de prison.

— Coup de théâtre !

Au bout de deux jours — même jeu ! et nouveau coup de théâtre !

— Et toujours continuation du même jeu jusqu'à la liquidation totale du compte dressé par le greffier du conseil de discipline.

C'est à en devenir fou, ou au moins à en attraper la jaunisse !

Par exemple, après deux ou trois surprises pareilles, le prisonnier ne charme plus ses ennuis en buvant à la santé de ses juges, — à moins d'avoir totalement perdu la raison !

ARRIÈRE-PROPOS.

Si vous avez lu le présent ouvrage sans en admirer la haute philosophie et sans en savourer la pure morale, je vous plains beaucoup. — Et si vous n'avez pas entièrement saisi la portée de cette œuvre sociale et humanitaire, je vais vous l'expliquer :

L'homme, — cet oiseau voyageur, cette passagère hirondelle, comme dit Bourdaloue, Massillon ou Robert-Macaire, — l'homme est jeté pour un temps, plus ou moins long, dans cette vallée de larmes et de misères pour souffrir ; — cette maxime, que je ne crains pas de qualifier d'ancienne et peu consolante, est admise par tous les philosophes des temps anciens et modernes.

Cela posé, cher et honorable lecteur, il ne me reste plus qu'à prendre congé de vous en vous présentant les armes et en vous souhaitant que Dieu et votre sergent-major vous tiennent en leur sainte et bonne garde !

TABLE.

FIN.

Extrait du Catalogue

D'AUBERT ET Cie,

IMPRIMEURS, éditeurs et marchands D'ESTAMPES,

Galerie Véro-Dodat, à Paris.

La Maison Aubert et Comp. s'occupe de toutes les publications relatives à l'estampe et à la lithographie ; elle fait avec tous les principaux éditeurs un commerce d'échange qui lui permet d'offrir tout ce qui paraît à Paris, sans aucune augmentation de prix, mais elle exploite seule une partie des spécialités suivantes :

Livres-Albums pour Etrennes, pour Soirées, pour la Campagne ; — Albums et Livres à images pour les Enfants ; — Albums comiques ; — Etudes et Modèles de dessins pour les Écoles ; — Ornements et fleurs naturelles ou composées pour les fabricants et dessinateurs d'articles de goût ; — Enfin *les Caricatures sur les mœurs et les ridicules français.*

Livres et Livres-Albums.

LA GALERIE DE LA PRESSE ET DES BEAUX-ARTS. Trois beaux volumes grand in-4°, contenant chacun 49 portraits et biographies des notabilités parisiennes, dans la PEINTURE, la MUSIQUE, le THÉATRE, la LITTÉRATURE et le JOURNALISME.

Prix de chaque volume . . . . . . 25 fr. »

LA REVUE DES PEINTRES, 250 tableaux, dessins ou aquarelles des artistes modernes, copiés dans les salons de l'exposition et les galeries particulières. — 4 volumes, savoir : 2 volumes sans texte et 2 vol. avec texte.

Prix de l'ouvrage entier, cartonné . . . 74 fr. »

LES BEAUTÉS DE LORD BYRON, traduction de M. Amédée Pichot, 15 belles gravures sur acier, gravées à Londres, reproduisant les scènes les plus intéres-

santes des ouvrages de Byron. Prix broché 15 fr. »
Cartonné richement . . . . 20 »
Cartonnage de maroquin. . . . . . 24 »

PARIS ET SES ENVIRONS REPRODUITS PAR LE DAGUERRÉOTYPE. 60 vues très-exactes, 60 articles explicatifs et historiques.
1 volume grand in-4° broché . . . 15 fr. »
Cartonné . . . . 18 »

LES CENT ET UN ROBERT-MACAIRE, 101 caricatures de mœurs avec un texte explicatif, par MM. Maurice Alhoy et L. Huart, 2 vol. grand in-4°.
Prix broché . . . . 20 fr. »
Cartonné . . . . 25 »
Colorié et cartonné . . . . 50 »

LE MUSÉE POUR RIRE, 150 caricatures sur les mœurs, les modes et les ridicules, par les premiers caricaturistes de Paris, 150 textes explicatifs par MM. Maurice Alhoy, L. Huart et Ch. Philipon, 3 vol. grand in-4°. Prix broché . . . . 30 fr. »
Cartonné 37 50
Colorié et cartonné . . . . 75 »

LE VOCABULAIRE ILLUSTRÉ par plus de 800 dessins gravés sur bois et intercalés dans le texte. Grand in-8°. Prix broché . . . . 12 fr. »
Cartonné . . . . 14 »
Cartonnage riche . . . . 16 »

DIX ANS DE LA VIE D'UNE JEUNE FILLE, texte par Mme Bodin, 10 jolies lithographies par Ch. Bour. Prix, broché. . . . . 10 fr. »
Cartonné. . . . . 12 fr. »

HISTORIETTES ET IMAGES, texte par l'abbé Laurence de Savigny; livre-album pour les enfants. Prix broché. . . . . 12 fr.

LE BONHEUR DES ENFANTS, texte par l'abbé Laurence de Savigny; plus de 200 gravures sur bois et

40 jolies lithographies. Prix broché. . . 10 fr. »
Cartonné . . . . 12 »
En couleur, cartonné . . . . . . 18 »
— Le même ouvrage, sans les 40 lithographies, seulement le texte et les 200 gravures sur bois 6 fr. »
Cartonné . . . . 8 »
— Le même ouvrage, composé seulement des 40 jolies lithographies, broché . . . . 6 fr. »
Cartonné . . . . 8 »

GALERIE PITTORESQUE DE LA JEUNESSE, ornée de 40 lithographies d'après Victor Adam, texte de Mme Alida de Savignac. Cartonné . 10 fr. »
Colorié avec soin par un artiste . . . 25 »
Les 40 lithographies seules, brochées. . 6 »

LA MÈRE GIGOGNE, texte de Mme Alida de Savignac, dessins d'après Victor Adam, charmant petit livre album pour les enfants.
Prix en noir broché . . . . 7 fr. »
Cartonné . . . . 9 »
Colorié par un artiste . . . . 18 »
Dessins seuls, brochés. . . . . . . 4 »

LES BIGARRURES DE L'ESPRIT HUMAIN, album illustré par des compositions de Victor Adam, avec un texte, 24 planches. Broché. . . 9 fr. »
Cartonné. . . . . 10 fr. »

FANTAISIES ARTISTIQUES, dessins par le même artiste, texte intéressant. Broché. . . 7 fr. »
Cartonné. . . . . 9 fr. »

FOLIES AMUSANTES, dessins du même artiste, texte amusant. Broché. . . . . 4 fr. »
Cartonné. . . . . 5 fr. »

Albums sans texte, pour soirées et cadeaux.

LES CHARADES ALPHABÉTIQUES, par Victor

Adam, 25 belles planches. Prix broché. 10 fr. »
Cartonné. . . . . 12 fr. »
Couleur cartonné. . . . . . 25 fr. »

NOUVEL ABÉCÉDAIRE par le même artiste, 25 planches avec titre en français et en anglais, même prix que le précédent.

LES PASSE-TEMPS, par le même artiste; beaux albums, très-grand in-4, contenant des myriades de petits dessins.

La collection forme 2 albums de 90 feuilles. Chacun de ces albums se vend séparément cartonné en noir. . . . . 55 fr. »

Il existe des albums de 40 feuilles. Prix broché, noir. . . . . 24 fr. »
Cartonné, *idem*. . . . . 26 fr. »
Des albums de 20 feuilles, noir, brochés. 12 fr. »
Cartonnés. . . . . 14 fr. »

ALBUM DES DEMOISELLES. Sujets choisis dans la belle collection de la Revue des peintres. Prix broché. . . . . 6 fr. »
Cartonné. . . . . 8 fr. »

LE COLORISTE DE LA FLEUR, par Boussenot, album destiné à enseigner à colorier les fleurs. Chaque feuille en noir est accompagnée d'un modèle colorié et de toutes les indications nécessaires pour mettre à même de copier ce coloris. Prix cartonné. . 20 fr.

UN MILLION DE CROQUIS, joli petit album dont le titre est un peu menteur, mais qui n'en reste pas moins un des ouvrages les plus goûtés pour cadeaux d'enfants. Prix broché. . . . . 5 fr. »
Cartonné. . . . . 6 fr. »
En couleur et cartonné. . . . . 12 fr. »

LE MUSÉE DES ENFANTS, 96 pages toutes remplies de croquis à la plume, caricatures, animaux, sujets de genre, paysages, monuments, vues, etc., par MM. Pigal, E. Forest, Bouchot, Benjamin et au-

tres. (Édition vendue à 10,000 exempl.) Prix, broché. . . . . 6 fr. »
Cartonné . . . . 8 fr. »

LE NOUVEAU MUSÉE DES ENFANTS, paraîtra le 1er novembre 1841.

L'AMUSEMENT DES SOIRÉES, recueil de caricatures en noir. Prix broché . . . . 8 fr. 50 c.
Cartonné . . . . 10 »

FRANCE ET ITALIE. Vues des deux pays. Prix, broché. . . . . 6 fr. »
Cartonné . . . . 8 »

LE LIVRE D'IMAGES, 50 feuilles de genres très-variés: figures, paysages, caricatures, sujets de genre, etc. Il en paraît un nouveau tous les 2 ans.
Prix en noir, broché . . . . 6 fr. »
Cartonné . . . . 8 »
En couleur, cartonné. . . . . 15 »

LES GRIMACES, par Boilly. Cette série est ancienne et on ne la trouve plus dans le commerce. Nous nous en sommes procuré quelques collections que nous vendons entières ou détachées, au prix de . . . . 40 fr. »
Chaque album de 25 feuilles . . . 10 fr. »

ALBUM DES PETITS ENFANTS. Petit joujou lithographique composé de sujets propres à l'amusement des enfants. Prix, cart. noir . . 4 fr. »
En couleur . . . . 8 fr. »

Albums comiques

Également pour soirées et pour cadeaux.

LE MUSÉE AUBERT. 64 caricatures en petit format, d'après les premiers caricaturistes. Prix. . 5 fr. »
Cartonné . . . . 6 »
Colorié et cartonné. . . . . 15 »

LES MÉTAMORPHOSES DU JOUR OU LES HOMMES A TÊTES DE BÊTES, par GRANDVILLE. Cette collection a commencé et établi la réputation de notre célèbre caricaturiste; elle se vendait 60 fr. La maison Aubert en a acquis la propriété, et en a réduit le prix : les 71 feuilles brochées, en noir . . . . 6 fr. »
Cartonné . . . . 8 »
En couleur et cartonné. . . . . . . 20 »

DEUX FILLES A MARIER, album caricatural, dans le même genre et le même prix que : M. JABOT. — M. CREPIN. — M. VIEUXBOIS. — M. LAJAUNISSE. — M. LAMÉLASSE. — M. VERTPRÉ. — M. JOBART. Ces huit albums que tout le monde connait aujourd'hui et qui sont sur les tables de tous les salons, forment huit histoires plaisantes racontées par des caricatures. Chaque album se vend broché. . . . . 6 fr.
Cartonné . . . . 8 fr.

FIASCO. Histoire caricaturale d'un auteur inédit, par LORENTZ. 2 volumes ornés d'une infinité de dessins. Prix des deux volumes . . . 12 fr. »

Voir aux *Livres-Albums* les *Robert-Macaire*, le *Musée pour rire*, *l'Amusement des soirées*, *etc.*

MAGASIN CHARIVARIQUE. 100 croquis caricatures et autres sujets. Cet album est formé des dessins du *Charivari* coupés et réunis en recueil.
Prix. . . . . 5 fr. »

L'ALBUM CHAOS, caricatures de tout le monde. Prix. . . . . 6 fr. »

Modèles de figure.

TÊTES D'ÉTUDES, par JULIEN. Les modèles de M. Julien sont adoptés par tous les professeurs de France, d'Angleterre, d'Allemagne et d'Italie comme les meilleurs qui existent.

Les têtes sont déjà au nombre de 61 et se continuent. Prix de chacune. . . . . 1 fr. 50 c.

ACADÉMIES, par le même artiste. Dans cette série sont comprises et les études nues et les études drapées; elles sont au nombre de 26 et se continuent. Prix de chacune. . . . . 2 fr. »

FRAGMENTS, par le même artiste. Cette série se compose de grands modèles de pieds, mains et torses, ils sont au nombre de 12 et se continuent. Prix de chaque . . . . 1 fr. 50 c.

COURS GRADUÉ DE PRINCIPES POUR LA FIGURE, par le même. 10 cahiers de 12 modèles, format demi-raisin. L'ouvrage se continue. Prix du cahier. . . . . 9 fr. »

PETITS MODÈLES DE DESSINS, par le même. 6 cahiers de 12 modèles, format un quart raisin. L'ouvrage se continue. Prix de chaque cahier. 6 fr. »

ACADÉMIES, par CHATILLON. Ces modèles sont moins travaillés que ceux de M. Julien, ils sont bons pour les élèves moins avancés. 6 feuilles. Prix de chacune. . . . . 1 fr. 50 c.

SIX TÊTES DE VIERGES, D'APRÈS RAPHAEL, par CHATILLON. Prix de chaque feuille. 1 fr. 50 c.

ACADÉMIES D'APRÈS NATURE ET D'APRÈS L'ANTIQUE, par NUMA. 24 feuilles, demi-jésus. Prix de chacune. . . . . 1 fr. 50 c.

MODÈLES D'ÉCORCHÉS, par le même. 2 feuilles. Prix de chacune. . . . . 1 fr. 50 c.

TÉLÉMAQUE ET MINERVE. Deux modèles d'une grandeur supérieure à tous les autres modèles sont destinés aux concours. Prix de chaque. 3 fr.

Animaux.

ÉTUDES D'ANIMAUX, par COOPER, lithographiées par

Lenerth. Les modèles de M. Cooper sont regardés comme les meilleurs du genre. 10 cahiers de 6 feuilles, imprimés en deux teintes. L'ouvrage se continue. Prix de chaque cahier. . . 4 fr. 50 c.

ÉTRENNES AUX PAYSAGISTES, par Victor Adam. 24 feuilles, quart jésus, destinées à fournir des sujets pour animer les paysages. Prix de chaque feuille. . . . . » 75 c.

OISEAUX D'EUROPE, dessinés par Traviés jeune, artiste du cabinet royal d'Histoire naturelle. 30 feuilles. Prix de chacune en noir. . . » 75 c.
En couleur . . . . 1 fr. 50 c.

Ornements.

COURS GRADUÉ D'ORNEMENTS. Deux cahiers exécutés par M. Rousseau, pour l'École gratuite des beaux-arts de Paris. Prix du cahier. . . 9 fr. »

ORNEMENTS DE DIFFÉRENTS STYLES, par Boullemier, dessinateur-doreur de la manufacture royale de Sèvres. 90 feuilles, contenant un nombre prodigieux de motifs recueillis pour les doreurs, porcelainiers, orfèvres, serruriers, et fabricants de papiers peints, étoffes, etc., etc. Prix chaque feuille. . . . . » 75 c.

LES FOUILLIS DE DÉCORATION, par Didier, de la manufacture royale de Sèvres. 12 feuilles. Prix de chacune . . . . » 75 c.

LE DESSINATEUR DE PORCELAINE, par Schilt, de la manufacture royale de Sèvres. Ouvrage d'ornements mêlés de fleurs et destiné non-seulement aux porcelainiers, mais aussi à tous les fabricants d'articles de goût. 18 feuilles. Prix de chacune, en noir . . . . » 75 c.
En couleur . . . . 1 fr. 50 c.

CARTOUCHES DES 14e ET 15e SIÈCLES. Choix

de cartouches et encadrements pris dans les meilleurs livres et manuscrits des 14 et 15e siècles; ouvrage utile aux écrivains et dessinateurs lithographes, et généralement à tous les ornementistes. 1 cahier de 12 feuilles. Prix chaque feuille. » 75 c.

ORNEMENTS MORESQUES ET ITALIENS, 42 feuilles imprimées en quatre et cinq couleurs. L'ouvrage se continue. Prix du cahier. . . 18 fr. »

ORNEMENTS DE CLERGET. M. CLERGET est le seul artiste qui continue avec succès le genre que traitait si admirablement Chenavard. Nous publions deux suites dessinées et gravées sur cuivre par cet artiste. Elles ont pour titres :

NOUVEAUX ORNEMENTS DE CLERGET. Prix du cahier de 6 feuilles. . . . . 4 fr. 50 c.

ORNEMENTS TEINTÉS PAR CLERGET. Prix du cahier de 6 feuilles. . . . . 6 fr. »

Nous allons publier un fort grand nombre de planches dessinées et gravées par lui; elles se classeront dans divers ouvrages soit en noir, soit en couleur. Ces différentes publications sont sous presse.

MOTIFS D'ORNEMENTS DU 16e SIÈCLE, *ou matériaux rares et inédits pour toutes les professions qui ont l'ornement pour base ou pour auxiliaire*, dessinés par Clerget, gravés sur bois par M. Brevière, graveur typographe de l'imprimerie royale. Cet ouvrage, qui se continue, paraît par livraisons de 8 gravures, imprimées en couleur par M. Silberman de Strasbourg. Prix du cahier . . . . 5 fr. »

ORNEMENTS RENAISSANCE ET FRESQUES, d'après Raphaël, par COSTAIN et autres. 24 feuilles. Prix de chaque feuille. . . . . » 60 c.

PORTEFEUILLE DE L'INDUSTRIEL. 40 feuilles, en noir. Prix chacune. . . . . » 50 c.

En couleur. . . . . 1 fr. 50 c.

Fleurs vraies et composées.

Les ouvrages de cette catégorie sont spécialement destinés aux dessinateurs manufacturiers à qui s'adressent aussi les articles d'ornements qui précèdent.

SIX FLEURS ANGLAISES. Ces six planches sont un des ouvrages les plus remarquables, sous le rapport de la grâce du coloris. Chaque feuille en couleur. 2 f.

ARCHIVES DU DESSINATEUR. Ouvrage fait pour donner à très-bon marché un nombre extraordinaire de dessins de fabrique, tant en ornements qu'en fleurs naturelles, fleurs bizarres, etc. 6 cahiers de 50 feuill. chacune. Prix du cahier. 6 fr. »

LES MATÉRIAUX DU DESSINATEUR D'ÉTOFFES, DE TOILES PEINTES, INDIENNES, PAPIERS PEINTS, etc. Collection fort grande de dessins de fabrique. 250 feuilles en couleur. Prix de chaque feuille. . . . . 1 fr. 25 c.

Dans cet ouvrage se trouvent : LE DESSINATEUR LYONNAIS, — LES FLEURS DU BRÉSIL, — LE DESSINATEUR PARISIEN, — LE DESSINATEUR DE MOUSSELINES, — LES PILLEMENTS.

LE DESSINATEUR DE DENTELLES, par BOUSSENOT. 12 feuilles toutes composées pour la dentelle, mais pouvant aussi servir aux fabricants d'autres articles de goût. La feuille . . . . . . » 50 c.

DESSINS DE NOUVEAUTÉS PARISIENNES POUR ROBES, GILETS ET RUBANS. Ouvrage également fait pour tous les articles de goût dans le genre des étoffes de Paris, Lyon, Mulhouse, Beauvais, etc., dessiné et composé par Boussenot. Il va paraître deux cahiers de 12 feuilles. Prix de la feuille. . . . . 1 fr. 25 c.

(Voir à l'article précédent le *Dessinateur de porcelaine.*)

Modèles d'écriture.

CAHIERS DE MODÈLES contenant des exemples des différents caractères de l'écriture. Au moyen de ces cahiers, une personne intelligente peut corriger son écriture et devenir habile sans le secours d'un maître. Ces cahiers varient de prix suivant leur importance, mais la moyenne est. . . . 2 fr. »

Vues et Paysages.

VUES DE PARIS, différents formats et différents prix.

VUES DES PYRÉNÉES, 12 feuilles par Fourmois de Bruxelles. Prix de chaque feuille. . . 1 fr. »

BOULEVARDS DE PARIS, 2 grandes bandes d'environ 25 pieds de longueur, reproduisant chacune un côté des boulevards, depuis la *Madelaine* jusqu'à la *Bastille*. Prix de chaque bande en noir. . . 6 fr. »
En couleur. . . . . 10 fr. »

LES QUAIS DE PARIS, une bande de la même longueur, donnant les quais depuis le *Jardin des Plantes* jusqu'aux *Invalides*, en noir. . . . . 6 fr. »
En couleur. . . . . 10 fr. »

LA RUE VIVIENNE, une bande du même genre, mais moins longue, en noir. . . . . . . 1 fr. 50 c.
En couleur. . . . . 2 fr. 50 c.

ETRENNES PITTORESQUES, 6 feuilles de paysages, par Lauters. Prix de chacune. . . . . » 50 c.

VUES DES PYRÉNÉES. 10 belles lithographies exécutées par M. Fourmois de Bruxelles. Prix. 10 fr.

Portraits.

PORTRAITS DE TOUTES LES CÉLÉBRITÉS DE PARIS, dans les arts, les sciences, le journalisme, etc.

Nous avons dans ce genre la *Galerie de la presse et des beaux-arts* (voir l'article LIVRES), dont chaque portrait se vend séparément au prix de. » 50 c.

Costumes.

LE MUSÉE DE COSTUMES, plus de 200 feuilles de déguisements, costumes dramatiques, etc., par Gavarni et autres artistes; en couleur, chaque 30 c.

TRAVESTISSEMENTS DE CETTE ANNÉE, par Gavarni, A. Menut, Lassalle et autres; 18 feuilles en couleur, chaque feuille. . . . . 1 fr. »

COSTUMES PITTORESQUES, par L. Lassalle; 50 feuilles contenant chacune 4 costumes. La feuille en noir. . . . . » 60 c.
En couleur. . . . . 1 fr. 50 c.

COSTUMES DE L'ARMÉE FRANÇAISE, depuis Louis XIV. Chaque arme est représentée dans ses costumes successifs; sur une seule feuille. Dessiné par Ch. Vernier. Prix de la feuille en couleur. . . . . 1 fr. 50 c.

Sujets d'encadrement.

HUIT CHASSES. Figures, par Victor ADAM ; paysages, par TIREPENNE, RICHEBOIS et SABATIER. Prix de chaque, en noir. . . . . 1 fr. 50 c.
En couleur. . . . . 3 »

LE DINER DANS LE PARC ET LE BAL IMPROVISÉ, par MADOU. Deux jolis sujets pour salle à manger. Prix de chaque, en noir . . . 6 fr. »
En couleur, retouché par un peintre. . 12 »

PHYSIONOMIE DE LA SOCIÉTÉ EN EUROPE, depuis le 14e siècle jusqu'à nos jours. Très-beaux sujets pour salon et surtout pour cabinet de travail. 14 belles planches, par MADOU. Sur papier blanc, chaque feuille . . . . 3 fr. »
Sur papier de Chine. . . . . 4 »
Avec entourage d'ornements. . . . . 5 »
En couleur, par un peintre . . . . . 8 »

SCÈNES DE LA VIE DES PEINTRES. Belles compositions pour le même emploi que l'ouvrage précédent, et par le même artiste. Chaque feuille, sur Chine . . . . 6 fr. »

Jeux et Cartonnages.

La maison Aubert, ayant pris la spécialité de tous les articles d'étrennes artistiques, s'est mise en mesure, par des relations d'échange, de fournir au meilleur prix de fabrique tous les joujoux qui ont quelques rapports avec l'art du dessin ; ainsi, on trouve chez elle les objets suivants dont une partie même est éditée par elle.

CARICATURES MOUVANTES en papier carton.

LE SPECTACLE ASIATIQUE, ou danse et voltige sur la corde, avec ou sans balancier (ouvrage en portefeuille). . . . . 26 fr. »

LA PLEINE MER, contes maritimes des plus curieux. (Grande et belle boîte.). . . . . . . 24 fr. »

PARIS PITTORESQUE, ou vues de ses places les plus remarquables avec de nombreuses figures découpées que l'on met en mouvement au moyen d'une mécanique (très-belle boîte) avec texte. . 20 fr. »

LA PRISE DE LA REDOUTE, ou la canonnade en action (ouvrage en boîte). . . . . . 12 fr. »

LE VOYAGE AUTOUR DU MONDE, ou souvenirs d'un artiste; choix remarquable des principaux costumes des habitants du globe, avec cartes coloriées et texte. (Ouvrage en boîte) coloris fin. 12 fr. »

LE MÊME, cartes noires, boîte ordinaire, coloris moins fin. . . . . 7 fr. »

LA FRANCE PITTORESQUE ou recueil des costumes français les plus curieux, avec texte, broché. (Ouvrage en boîte), *costumes d'hommes ou de femmes, au choix*. . . . . 15 fr. »

LES MARIONNETTES, ou aventures extraordinaires de Polichinelle avec texte et musique (boîte). 15 fr. »

LE PETIT VOYAGEUR (jeu instructif), grand nombre de sujets découpés, cartes, globes, etc., avec deux vol. broch. (très-belle boîte), coul. . 22 fr. »

LE MÊME, sans globe, jolie boîte à la sépia. 11 fr. »

UNE PAGE DE L'HISTOIRE DE FRANCE, ou vie de Napoléon en sept époques, accompagnée d'une galerie des rois de France et d'un précis historique (très-belle boîte). . . . . . . 11 fr. »

LE JOURNAL D'UN MARIN, ou choix d'aventures sur mer, suite nombreuse de sujets découpés avec 1 volume broché (ouvrage en boîte). . 10 fr. »

VOYAGE EN CHINE, ou constructions pittoresques des monuments les plus remarquables de ce pays, avec grand nombre de figures découpées représentant les costumes et les sujets les plus curieux (ouvrage en boîte), couleur. . . . . 2 fr. »

BIBLIOTHÈQUE DU JEUNE AGE, formant 6 vol. et 6 étuis renfermant les illustrations avec théâtre. Couleur. . . . . 26 fr. »

LA MÊME sans théâtre, sujets à la sépia, cart. 15 fr. »

LA MÊME plus petite, sans théâtre, à la sépia, broché. . . . . 10 fr. »

Caricatures.

Depuis son origine la maison Aubert est connue pour la spécialité des caricatures. C'est elle qui a fondé les seuls journaux qui existent en ce genre : La CARICATURE qui fut long-temps un journal politique et dont les collections de ce temps-là, formant 10 beaux volumes, valent aujourd'hui 500 fr., quoiqu'elles n'aient coûté aux souscripteurs que 250 fr. — Le CHARIVARI qui donne une caricature tous les jours. — C'est la maison Aubert qui fournit des caricatures non politiques au journal la MODE, comme elle fournit des portraits et des dessins de genre à beaucoup d'autres publications périodiques.

En un mot, nous publions des caricatures par tous les artistes qui se livrent à ce genre de croquis. Dans l'impossibilité d'indiquer toutes les séries, nous nommerons ici quelques-unes de celles qui sont finies et de celles qui se continuent.

Le prix des caricatures est, la feuille en noir. » 50 c.
En couleur. . . . . » 75 c.

LES COULISSES, par GAVARNI, 51 feuilles.

LES ROBERT MACAIRE, par DAUMIER et PHILIPON, 100 feuilles.

LES CROQUIS D'EXPRESSION, par DAUMIER, PLATTIER et autres 100 feuilles.

LA BOITE AUX LETTRES, par GAVARNI, 34 feuilles.

LES FOURBERIES DE FEMMES, par GAVARNI, 12 feuilles.

LES PETITS MALHEURS DU BONHEUR, par GAVARNI, 12 feuilles.

LES TYPES, par DAUMIER, 12 feuilles.

CE QUE PARLER VEUT DIRE, par BOUCHOT, 30 feuilles.

LES MÉTAMORPHOSES DU JOUR, par GRANDVILLE, 71 feuilles.

LES JOLIS PETITS VISAGES, par PLATTIER, 20 feuilles.

LES BANQUISTES, par le même. Se continue.

LA FAMILLE BAS BLEU, par le même. Se continue.

LE MIROIR CARICATURAL, par divers. Se continue.

LES FRANÇAIS CROQUÉS PAR EUX-MÊMES, par VERNIER. Se continue.

LES MARIS VENGÉS, par GAVARNI, 18 feuilles.

TROP TOT ET TROP TARD, par BOUCHOT, 24 feuilles.

DÉSAGRÉMENTS DES VOITURES PUBLIQUES, par PRUCHE, 24 feuilles.

GALERIE PHYSIONOMIQUE, par DAUMIER, 31 feuilles.

LES MAYEUX, 50 feuilles.

LE BON COTÉ, par BOUCHOT, 12 feuilles.

LES ARTISTES, par GAVARNI, 12 feuilles.

LES CONTRIBUTIONS INDIRECTES, par BOUCHOT, 18 feuilles.

LES TRIBULATIONS DE LA GARDE NATIONALE, par le même, 18 feuilles.

LES BONNES TÊTES, par PLATTIER.

LE CARNAVAL, par GAVARNI.

LES ÉTUDIANTS, par le même.

MOEURS CONJUGALES, par DAUMIER.

Le fonds de la maison Aubert se compose, en fait de caricatures, d'un nombre si grand de séries, qu'il n'est pas même possible de les indiquer dans un catalogue.

Articles de dessin.

LE PETIT ATELIER. Boîte d'une forme très-commode, renfermant tout ce qui est nécessaire pour DÉCALQUER, DESSINER et COLORIER. Prix. . 24 fr.

BOITES A COULEUR de tous genres, depuis le prix de 3 fr. jusqu'à 80.

Dessins papyrographiques.

Les dames qui s'amusent à décalquer éprouvent beaucoup de difficulté à opérer la translation du dessin sur le bois ; leurs décalcages ne sont presque jamais complets et toujours ils ont demandé beaucoup de temps, de soins et de travail. Nous offrons, pour le décalcage, des dessins dont le papier est préparé de manière que le transport se fait à l'instant même, sans aucune connaissance des moyens nécessaires pour l'ancienne manière. Nous avons en ce genre un grand nombre de sujets dont les prix varient.

La Maison Aubert vient d'acquérir la propriété des belles planches lithographiées connues sous le titre des *Chefs-lieux de la France*; cette collection est exécutée, comme on sait, par les premiers dessinateurs de monuments et de paysages; les figures sont de M. Victor Adam. MM. Aubert et Comp. en ont réduit le prix de 1 fr. 50 la feuille à 75 cent.

www.ingramcontent.com/pod-product-compliance
Ingram Content Group UK Ltd.
Pitfield, Milton Keynes, MK11 3LW, UK
UKHW031902260826
14628UKWH00002B/933

9 782013 057196